LE COMTE

de

MONTE-CRISTO

par

Alexandre Dumas

Adaptation in simple French by R. de Roussy de Sales

National Textbook Company
a division of *NTC Publishing Group* • Lincolnwood, Illinois USA

1995 Printing

Published by National Textbook Company, a division of NTC Publishing Group.
© 1986, 1974 by NTC Publishing Group, 4255 West Touhy Avenue,
Lincolnwood (Chicago), Illinois 60646-1975 U.S.A.
Manufactured in the United States of America.

5 6 7 8 9 ML 9 8 7 6 5

AVANT-PROPOS

This special student adaptation of Alexandre Dumas' famous novel, *Le Comte de Monte-Cristo,* although simplified and abridged for English speaking students, retains the flavor and style of the original. The thrilling story of Edmond Dantès remains intact, as fascinating to today's readers as it was to the 19th century Frenchmen.

Intermediate students should be able to read this famous adventure with pleasure. This reader is intended to be used as an adjunct to any modern French program. Structure and vocabulary are carefully controlled. Unfamiliar words or phrases and complex constructions are defined in simpler French in the margin opposite the text. These marginal glosses are marked with a special symbol (°). Questions to test comprehension are at the end of each chapter.

Le Comte de Monte-Cristo will provide French students with a taste of the finest French literature, whetting their appetites for further study and reading.

PREFACE

Alexandre Dumas was born in Villers-Cotterêts, Aisne Department, France, on July 24, 1802. One of France's most prolific novelists and dramatists, Dumas came from a particularly rich family background—the grandson of the Marquis Alexandre Davy de la Pailleterie and Marie Cessette, a Creole from Santo Domingo, at that time a French possession. His father, General Alexandre Davy de la Pailleterie, was a renowned and decorated soldier under the First Republic. However, General Dumas fell into disfavor with Napoleon Bonaparte because of his support of republican government. He died, leaving his family in poverty, when Alexandre was only four years old.

Although Dumas received only a rudimentary education, he possessed an inborn restlessness and imagination that would propel him through an event-filled life as writer, newspaper editor, soldier, historian, museum curator, theatre manager, and flamboyant lover. In 1819, while working as a notary's apprentice in Soissons (his first job), Dumas saw a production of a play by Ducis. Struck by the glamour of the stage, he began writing comic sketches and dramatic vignettes, none of which saw the footlights. Like many provincial French writers before and after him, Dumas decided to make his fortune as a dramatist in Paris. He arrived at the age of twenty with only 20 francs in his pocket and proceded to secure a position as secretary to the Duc d'Orléans, the future King Louis-Philippe.

In the U.S., Dumas, like Victor Hugo, is known almost exclusively as a writer of thrilling historical novels. As always, when he began writing novels in 1839, Dumas did not set his sights low. He and his collaborator, Auguste Maquet, planned a series of novels that would chronicle the entire history of France, and—at least for the 16th to the 18th centuries—he carried out his design. To accomplish this task, Dumas needed a huge supply of historical facts and stories. Much has been written about his "novel factory." He purchased the work of unknown authors or translators and published them under his own name. He was always ready to buy ideas, willing to buy novels, and rewrite them if necessary. Plagiarism was a charge made more than once against Dumas during his writing career. But, to whatever he borrowed, ethically or unethically, he gave the stamp of his own energy and imagination, so that Dumas' "rewrites" are invariably better than the originals on which they are based.

The Count of Monte-Cristo, like *The Three Musketeers,* has been read and enjoyed throughout the world in many languages. Dumas started writing the story when he was 40, using a plot outline devised by Auguste Maquet. It first appeared in serial form in the *Journal des Débats*—the first installment on August 28, 1844, and the last on January 15, 1846. He thus kept his readers in suspense for one and a half years. Dumas' inspiration for the story was the life of a shoemaker named François Picaud, who was sent to prison for a crime he did not commit. Picaud's story was discovered by a Bonapartist lawyer named Peuchet, as he was going through the archives of the *Préfecture de Police.* Peuchet wrote Picaud's story and entitled it *Le Diamant et la Vengeance.* Readers will find it interesting to compare this story, published in the *appendice,* with Dumas' story of *Le Comte de Monte-Cristo.*

In one of the early editions of *Le Comte de Monte-Cristo,* Dumas wrote an introduction entitled, "Etat civil du comte de Monte-Cristo," explaining how he wrote the book and once again defending himself against the charge of plagiarism. This, we believe, will also be of interest to our readers. In the former state prison of the château d'If (today a popular tourist attraction), a tunnel has been built between two of the cells, one of them called Monte-Cristo's cell, so that visitors can actually see how Dantès escaped.

Dumas never claimed to write "great" literature; he was in much too great a hurry to supply stories to his impatient readers. Nevertheless, his novels, including *The Count of Monte-Cristo,* do contain qualities common to great literature of every age: rich imagination, a heightened sense of drama, and a concern for ethical values (especially that of justice).

In 1847, Dumas built a palace, Monte-Cristo, near Paris. Harassed by creditors, he sold it in 1851 and fled the country, wandering for 19 years in search of "copy." He visited England, Russia, and Italy. Next came four years of poverty, finally relieved by his son, the dramatist Alexandre Dumas *fils,* whom he called "his best work." Dumas *fils* took his father away from the excitement and danger of wartime Paris to Puys, near Dieppe, where Alexandre Dumas died on the day of its occupation by the Prussians—December 5, 1870. He was buried at his childhood home, in Villers-Cotterêts.

ÉTAT CIVIL DU COMTE DE MONTE-CRISTO

Puisque nous causons, chers lecteurs, je puis bien vous dire ici quelques mots *pro domo mea*. Oh! Il s'agit de fort peu de chose, d'une simple calomnie qui se débite° à mon endroit depuis quelque vingt-cinq ans. Vous voyez qu'il y aura bientôt prescription.

Mais où prendrais-je le temps de répondre à mes détracteurs quand je trouve à peine de temps de répondre à mes amis.

On s'est toujours fort inquiété de savoir comment s'étaient faits mes livres, et surtout qui les avait faits.

Il était si simple de croire que c'était moi, que l'on n'en a pas eu l'idée.

Et, naturellement, ce sont ceux de mes ouvrages° qui ont obtenu le plus de succès, dont on me conteste le plus obstinément la paternité. Ainsi, pour ne parler aujourd'hui que d'un seul, en Italie, on croit généralement que c'est Fiorentino qui a fait *le Comte de Monte-Cristo*. Pourquoi ne croit-on pas que c'est moi qui ai fait *la Divine Comédie!* J'y ai exactement autant de droits. Fiorentino a lu *Monte-Cristo* comme tout le monde, mais il ne l'a pas même lu avant tout le monde, — si toutefois il l'a lu.

Disons la façon dont se fit *le Comte de Monte-Cristo*, que l'on réimprime° justement à cette heure. En 1841, j'habitais Florence. L'esprit des autres peuples est si peu en harmonie avec l'esprit français, que partout où les Français se trouvent à l'étranger, ils se réunissent et font colonie.

Or, en 1841, la colonie francaise à Florence avait pour centre la charmante villa de Quarto, habitée par le prince Jérôme Bonaparte° et par la princesse Mathilde, sa fille. C'était chez eux que tout Français arrivant dans la ville des Médicis demandait à être présenté d'abord.

---

se *debiter*, se raconter—*ouvrages*, production d'un auteur—*imprimer* (print)—*Jérôme Bonaparte* (1784–1860), frère de Napoléon 1er.

Cette formalité était remplie pour moi dès 1834, de sorte que, à mon second voyage à Florence, je me trouvais déjà être, pour la famille exilée, une ancienne connaissance.

Le roi Jérôme me voua, dès cette époque, une amitié qu'il m'a conservée, j'espère, mais dont il peut dire que je n'abuse pas. J'allais tous les jours chez lui à Quarto. Je ne crois pas avoir été deux fois chez lui depuis qu'il est à Paris. Un jour, il me dit: "— Napoléon° quitte le service de Wurtemberg et revient à Florence. Une fois qu'il sera ici, je te le recommande. — Vous me le recommandez, à moi, sire! Et à quoi puis-je lui être bon? — A lui apprendre la France, qu'il ne connaît pas, et à faire avec lui quelques courses en Italie, si tu as le temps. — A-t-il vu l'île d'Elbe? — Non. — Eh bien, je le conduirai à l'île d'Elbe, si cela peut vous être agréable. Il est bon que le neveu de l'empereur termine son éducation par ce pèlerinage historique."

J'avais alors trente-neuf ans et le prince n'en avait que dix-neuf. Je ne dis pas le bien que je pense de lui; on le sait, je ne loue guère que les morts ou les exilés. Nous partîmes pour Livourne dans la calèche de voyage du prince, notre valet de chambre partageant le siège avec le postillon. Six ou huit heures après, nous étions à Livourne.

Comme Livourne est une des villes les plus ennuyeuses qu'il y ait au monde, à peine fûmes-nous à Livourne, que nous éprouvâmes le besoin de la quitter. En conséquence, nous courumes au port pour voir s'il y avait quelque bâtiment en partance pour Porto-Ferrajo . . .

Le lendemain à cinq heures, nous abordions à Porto-Ferrajo. — Mais, me direz-vous, chers lecteurs, jusqu'à présent, le Comte de Monte-Cristo n'a pas grand-chose à faire avec ce que vous nous racontez. Patience, nous y arrivons.

Après avoir parcouru l'île d'Elbe en tout sens, nous résolûmes d'aller faire un partie de chasse à la Pianosa. La Pianosa est une île plate, s'élevant à peine à dix pieds au-dessus du niveau de la

Napoléon (1822–1891), prince et fils de Jérôme—*Wurtemberg*, état de l'Allemagne du Sud-ouest—*Livorne*, port d'Italie—*calèche*, voiture—*postillon*, conducteur de calèche—*bâtiment*, ici, bateau.

mer. Elle abonde en lapins et en perdrix rouges. Malheureuse-ment, nous avions oublié d'emmener un chien; il est vrai que tout chien, un caniche° excepté, se fût refusé à nous suivre sur un pareil bateau.

Un bonhomme, heureux possesseur d'un roquet° blanc et noir, s'offrit à porter notre carnier°, et à nous prêter son chien par-dessus le marché. Le chien nous fit tuer une douzaine de perdrix que le maître porta consciencieusement. A chaque perdix que le bonhomme fourrait dans son carnier°, il disait, en poussant un soupir et en jetant un coup d'œil sur un magnifique rocher en pain de sucre qui s'élevait à deux ou trois cents mètres au-dessus du niveau de la mer:— Oh! Excellence, c'est si vous alliez là-bas, que vous feriez une belle chasse.

— Qu'y a-t-il donc là-bas? lui demandai-je enfin. — Des chèvres° sauvages par bandes: l'île en est pleine.— Et comment s'appelle cette île bienheureuse? — Elle s'appelle l'île de Monte-Cristo.

Ce fut la première fois et dans cette circonstance que le nom de Monte-Cristo résonna à mon oreille. — Eh bien, dis-je au prince, si nous allions à l'île de Monte-Cristo, monseigneur? — Va pour l'île de Monte-Cristo, dit le prince.

Le lendemain, nous partîmes pour l'île de Monte-Cristo. Le temps était magnifique cette fois; nous avions juste ce qu'il fallait de vent pour aller à la voile, et cette voile, secondée par les rames° de nos deux matelots, nous faisait faire trois lieues° à l'heure.

A mesure que nous avancions, Monte-Cristo semblait sortir du sein de la mer et grandissait comme le géant Adamastor. A onze heures du matin, nous n'avions plus que trois ou quatre coups de rames à donner pour aborder au centre d'un petit port.

Nous tenions déjà nos fusils à la main, prêts à sauter à terre, quand un des deux rameurs nous dit:—Leurs Excellences savent que l'île de Monte-Cristo est en contumace. — En contumace? demandai-je; qu'est-ce que cela veut dire? — Cela veut dire que, comme l'île est déserte et que tous les bâtiments y abordent sans patente°, à quelque port que nous rentrions après avoir abordé à Monte-Cristo, nous serons forcés de faire cinq ou six jours de quarantaine. — Eh! Monseigneur, que dites-vous de cela? — Je dis que ce garçon a bien fait de nous prévenir avant que nous

---

caniche (poodle)—roquet (mongrel)—carnier, sac pour le gibier—chèvre (goat)—rame (oar)—lieue, 3 milles—patente (bill of health)

abordions, mais qu'il eût mieux fait encore de nous prévenir avant que nous partions. — Monseigneur ne pense pas que cinq ou six chèvres que nous ne tuerons peut-être pas, vaillent cinq ou six jours de quarantaine que nous ferons sûrement. — Et vous? Moi, je n'aime pas les chèvres de passion et j'ai la quarantaine en horreur, de sorte que, si monseigneur veut . . . — Quoi? — Nous ferons tout simplement le tour de l'île. — Dans quel but? — Pour relever° sa position géographique; après quoi, nous retournerons à la Pianosa. — Relevons la position géographique de l'île de Monte-Cristo, soit, mais à quoi cela nous servira-t-il? — A donner, en mémoire de ce voyage le titre de l'île de Monte-Cristo à quelque roman que j'écrirai plus tard.

—Faisons le tour de l'île de Monte-Cristo, dit le prince, et envoyez-moi le premier exemplaire de votre roman.

Le lendemain, nous étions de retour à la Pianosa, huit jours après, à Florence. Vers 1843, rentré en France, je passai un contrat avec MM. Béthune et Plon pour leur faire huit volumes intitulés: *Impressions de voyage dans Paris.*

Pourtant, un matin Béthune vint me dire, en son nom et au nom de son associé, qu'il entendait avoir tout autre chose qu'une promenade historique et archéologique à travers le Paris de Philippe Auguste; qu'il entendait avoir un roman dont le fond serait ce que je voudrais, pourvu que ce fond fût intéressant, et dont les "Impressions de voyage dans Paris" ne seraient que les détails.

Comme il m'était aussi égal de faire un roman que des impressions de voyage, je me mis à chercher une espèce d'intrigue pour le titre de MM. Béthune et Plon. J'avais depuis longtemps lu, dans *la Police dévoilée* de Peuchet, une anecdote d'une vingtaine de pages intitulée: *le Diamant et la Vengeance.* (Voir l'appendice.)

Tel que cela était, c'était tout simplement idiot: si l'on en doute, on peut le lire. Il n'en est pas moins vrai qu'au fond de cette huître° il y avait une perle, perle brute, perle sans valeur aucune, et qui attendait son lapidaire. Je résolus d'appliquer aux *Impressions de voyage dans Paris* l'intrigue que je tirerais de cette anecdote.

Je me mis, en conséquence, à ce travail de tête qui précède toujours chez moi le travail matériel et définitif. La première intrigue était celle-ci:

---

relever, déterminer—*huître* (oyster)

Un seigneur très riche, habitant Rome et se nommant le comte de Monte-Cristo rendrait un grand service à un jeune voyageur français, et, en échange de ce service, le prierait de lui servir de guide quand, à son tour, il visiterait Paris.

Cette visite à Paris aurait pour apparence la curiosité: pour réalité, la vengeance. Dans ses courses à travers Paris, le comte de Monte-Cristo devait découvrir ses ennemis cachés qui l'avaient condamné dans sa jeunesse à une captivité de dix ans. Sa fortune devait lui fournir ses moyens de vengeance. Je commençai l'ouvrage sur cette base, et j'en fis ainsi un volume et demi, à peu près.

Dans ce volume et demi étaient comprises toutes les aventures à Rome d'Albert de Morcef et de Frantz d'Épinay jusqu'à l'arrivée du comte de Monte-Cristo à Paris. J'en étais là de mon travail, lorsque j'en parlai à Maquet, avec lequel j'avais déjà travaillé en collaboration. Je lui racontai ce qu'il y avait déjà fait et ce qui restait à faire.

— Je crois, me dit-il, que vous passez par-dessus la période la plus intéressante de la vie de votre héros, c'est-à-dire par-dessus ses amours avec la Catalane, par-dessus la trahison de Danglars et de Fernand, et par-dessus les dix années de prison avec l'abbé Faria. — Je raconterai tout cela, lui dis-je. — Vous ne pourrez pas raconter quatre ou cinq volumes, et il y a quatre ou cinq volumes là-dedans. — Vous avez peut-être raison: revenez donc dîner avec moi demain, nous causerons de cela.

Pendant la soirée, la nuit et la matinée, j'avais pensé à son observation, et elle m'avait paru tellement juste, qu'elle avait changé mon idée première. Aussi°, lorsque Maquet vint le lendemain, trouva-t-il l'ouvrage coupé en trois parties bien distinctes: Marseille, Rome, Paris. Le même soir, nous fîmes ensemble le plan des cinq premiers volumes; de ces cinq volumes, un devait être consacré à l'exposition, trois à la captivité et les deux derniers à l'évasion° et à la récompense de la famille Morrel. Maquet croyait m'avoir rendu simplement un service d'ami. Je tins à ce qu'il eût fait œuvre de collaborateur.

Voilà comment le Comte de Monte-Cristo, commencé par moi en impressions de voyage, tourna peu à peu au roman et se trouva fini en collaboration par Maquet et moi.

---

aussi, ici, donc—évasion (escape)

Et maintenant, libre à chacun de chercher au *Comte de Monte-Cristo* une autre source que celle que j'indique ici: mais bien malin° celui qui la trouvera.

malin, rusé, malicieux

TABLE DES MATIERES

I

Marseille—L'Arrivée

Le 24 février 1815, au port de Marseille, on annonça l'arrivée du navire° le *Pharaon*, venant de Naples.

navire, grand bateau

C'est toujours une grande affaire à Marseille que l'arrivée d'un navire, spécialement quand ce navire, comme le *Pharaon*, a été construit à Marseille et a pour propriétaire une personne de la ville.

Le bateau du pilote partit aussitôt à sa rencontre.

Près du pilote était un jeune homme qui regardait attentivement chaque mouvement du navire. C'était M. Morrel, le propriétaire du navire.

Le *Pharaon* s'avançait si lentement et avait une apparence si triste que les curieux qui le regardaient se demandaient quel accident pouvait être arrivé à bord. Toutefois°, les experts en navigation reconnaissaient que si un accident était arrivé, ce ne pouvait être au navire lui-même; car il s'avançait dans toutes les conditions d'un navire parfaitement gouverné. Il était en effet gouverné par un jeune marin aux mouvements rapides. C'était un jeune homme de dix-huit à vingt ans, grand et svelte°, avec de beaux yeux bleus et des cheveux noirs; il y avait dans toute sa personne cet air calme et résolu qu'ont les hommes habitués depuis leur enfance à lutter° avec le danger.

toutefois, cependant

svelte, mince et gracieux

lutter avec, combattre

—Ah! c'est vous, Dantès! lui cria l'homme qui était dans la barque° du pilote. Qu'est-il donc arrivé, et pourquoi cet air de tristesse°?

barque, petit bateau

tristesse, qui est triste

—Un grand malheur, monsieur Morrel! répondit le jeune homme, un grand malheur pour moi

° denotes word or expression defined in the margin

surtout: nous avons perdu ce brave capitaine Leclère.

—Et le chargement°? demanda vivement Morrel qui était l'armateur° du *Pharaon*.

—Il est arrivé à bon port°, et je crois que vous serez content sous ce rapport°; mais ce pauvre capitaine Leclère . . .

—Que lui est-il donc arrivé à ce brave capitaine?

—Il est mort.

—Tombé à la mer?

—Non, monsieur; mort de la fièvre, au milieu d'horribles souffrances°. Nous lui avons fait les funérailles ordinaires, et il repose° avec un boulet° attaché aux pieds et un à la tête, au fond de la mer. Nous rapportons à sa veuve° sa croix d'honneur et son épée°. Ce serait bien dommage, continua le jeune homme avec un sourire mélancolique, de faire dix ans la guerre aux Anglais pour finir par mourir comme tout le monde dans son lit.

—Que voulez-vous, monsieur Edmond, reprit l'armateur, qui paraissait° se consoler de plus en plus, nous sommes tous mortels, et il faut bien que les anciens fassent la place aux nouveaux, sans cela il n'y aurait pas d'avancement, et du moment que vous m'assurez que le chargement est en bon état . . .

—Je vous en réponds°, monsieur Morrel.

Comme la barque du pilote était maintenant arrivée à côté du navire, voyant l'impatience de l'armateur, Dantès l'invita à monter à bord.

—Voici votre comptable°, M. Danglars qui sort de sa cabine et qui vous donnera tous les renseignements° que vous désirez, dit Dantès.

Le nouveau-venu était un homme de vingt-cinq à vingt-six ans, d'une figure° assez sombre, obséquieux envers ses supérieurs, insolent envers ses subordonnés.

—Eh bien, monsieur Morrel, dit Danglars, vous savez déjà le malheur, n'est-ce pas?

chargement (cargo)

armateur, propriétaire d'un navire

à bon port, sauf

sous ce rapport, à cet égard

souffrances, douleurs physiques

repose (rests)

boulet (canon ball)

veuve, femme qui a perdu son mari

épée, sabre pointu

paraissait, semblait

en répondre, le garantir

comptable, personne qui est chargée des comptes

renseignements, informations

figure, visage

—Oui, oui. Pauvre capitaine Leclère! c'était un brave et honnête homme!

—Et un excellent marin surtout° . . . un vieux marin qui connaissait son métier°.

surtout, par-dessus tout

métier, profession

—Mais, dit l'armateur, il me semble qu'il n'y a pas besoin° d'être si vieux marin pour connaître son métier. Voici notre ami Edmond Dantès qui fait son métier, ce me semble, en homme qui n'a besoin de demander des conseils à personne°.

besoin, nécessité

à personne, à quelqu'un

—Oui, dit Danglars en jettant sur Dantès un regard plein de haine° oui, il est jeune et il ne doute de rien°. A peine le capitaine était-il mort qu'il a pris le commandement sans consulter personne, et qu'il nous a fait perdre un jour et demi à l'île d'Elbe au lieu de° revenir directement à Marseille.

haine, hostilité

ne douter de rien, n'hésiter devant aucun obstacle

au lieu de, plutôt que

—Quant à prendre le commandement du navire, dit l'armateur, c'était son devoir comme second; mais pourquoi s'est-il arrêté à l'île d'Elbe?

—Pour le plaisir d'aller à terre, voilà tout.

Une fois arrivés à terre, l'armateur demanda à Dantès pourquoi il s'était arrêté à l'île d'Elbe. Dantès lui dit que c'était pour accomplir un dernier ordre du capitaine Leclère qui, en mourant, lui avait remis° un paquet pour le grand maréchal Bertrand°.

remettre, ici, confier

Bertrand, général très fidèle à Napoléon, qui alla en exil avec lui

—L'avez-vous donc vu, Edmond? lui demanda l'armateur.

—Qui?

—Le grand maréchal.

—Oui.

Morrel regarda autour de lui et tira Dantès à part°.

—Et comment va l'empereur? demanda-t-il vivement°.

—Bien, autant que° j'ai pu en juger par mes yeux.

à part, séparé des autres

vivement, avec vivacité

autant que (as much as)

4

—Vous avez donc vu l'empereur aussi?

—Il est entré chez le maréchal pendant que j'y étais.

—Et vous lui avez parlé?

—C'est-à-dire que c'est lui qui m'a parlé, monsieur, dit Dantès en souriant.

—Que vous a-t-il dit?

—Il m'a demandé à qui appartenait° le *Pharaon* et dit qu'il voudrait l'acheter. Je lui ai dit qu'il appartenait à la maison Morrel et fils.—Ah! ah! a-t-il dit, je la connais. Les Morrel sont armateurs de père en fils, et il y avait un Morrel qui servait dans le même régiment que moi.

—C'est vrai! s'écria l'armateur tout joyeux; c'était Polica Morrel, mon oncle, qui est devenu capitaine. Allons, allons, continua l'armateur en frappant amicalement sur l'épaule du jeune homme, vous avez bien fait, Dantès, de suivre les instructions du capitaine Leclère et de vous arrêter à l'île d'Elbe, quoique si l'on savait que vous avez remis un paquet au maréchal et causé° avec l'empereur, cela pourrait vous compromettre. Etes-vous libre ce soir? Pouvez-vous venir dîner avec nous?

—Excusez-moi, monsieur Morrel, je vous prie, mais je dois ma première visite à mon père. Je n'en suis pas moins reconnaissant° de l'honneur que vous me faites.

—C'est juste°, Dantès, c'est juste. Je sais que vous êtes un bon fils. Eh bien! après cette première visite, nous comptons sur vous.

—Excusez-moi encore, monsieur Morrel, mais après cette première visite, j'en ai une seconde qui ne me tient pas moins au cœur°.

—Ah! c'est vrai, Dantès, j'oubliais qu'il y a quelqu'un qui doit vous attendre avec la même impatience que votre père: c'est la belle Mercédès.

Dantès sourit.

—Ah! ah! dit l'armateur, cela ne m'étonne°

appartenir, être la propriété de quelqu'un

causé, parlé

être reconnaissant, avoir un sentiment de gratitude

juste, conforme à la raison

ne me tient pas moins au cœur, est aussi importante pour moi sentimentalement

m'étonne, me surprend

plus qu'elle soit venue trois fois me demander des nouvelles du *Pharaon*! Vous avez là une jolie fiancée. Allons, allons, mon cher Edmond, continua l'armateur, je ne vous retiens pas. Avez-vous besoin d'argent?

—Non, monsieur; j'ai tous mes appointements du voyage, c'est-à-dire près de trois mois de paie. Mais j'aurai un congé° de quelques jours à vous demander.

congé (leave, furlough)

—Pour vous marier?

—D'abord°, puis° pour aller à Paris.

D'abord, pour commencer
puis, ensuite

—Bon, bon! vous prendrez le temps que vous voudrez, Dantès; le temps de décharger° le navire prendra bien six semaines, et nous ne remettrons pas en mer avant trois mois ... Seulement, dans trois mois, il faudra que vous soyez là. Le *Pharaon*, continua l'armateur, en frappant sur l'épaule du jeune marin, ne pourrait repartir sans son capitaine.

décharger (to unload)

—Sans son capitaine? s'écria Dantès les yeux brillants de joie. Est-ce que c'est votre intention de me nommer capitaine du *Pharaon*?

—Si j'étais seul, je vous dirais: c'est fait; mais j'ai un associé. Sur deux voix vous en avez déjà une. Rapportez-vous en moi° de vous avoir l'autre, et je ferai de mon mieux.

Rapportez-vous en moi, comptez sur moi

—Oh! monsieur Morrel, s'écria le jeune marin, les larmes aux yeux, prenant les mains de l'armateur, monsieur Morrel, je vous remercie au nom de mon père et de Mercédès.

Questions

1. D'où venait le *Pharaon*?
2. A qui appartenait-il?
3. Où avait-il été construit?
4. Quel malheur était-il arrivé pendant le voyage?

5. Pourquoi s'est-il arrêté à l'île d'Elbe?
6. Est-ce que Dantès a vu Napoléon à l'île d'Elbe?
7. Qu'est-ce que l'empereur lui a demandé?
8. Quelle était la première chose que Dantès voulait faire en arrivant à Marseille?
9. Quelle était la seconde visite qu'il voulait faire?
10. Qui est-ce que M. Morrel avait l'intention de nommer capitaine du *Pharaon*, pour remplacer le capitaine Leclère?

II

Le père et le fils

Dantès se rendit tout de suite à la maison de son père, 15 rue Meilhan. Il monta vivement les quatre étages d'un escalier obscur et entra dans une petite chambre, basse de plafond.

Cette chambre était celle qu'habitait le père de Dantès.

La nouvelle de l'arrivée du *Pharaon* n'était pas encore parvenue° au vieillard qui regardait par la fenêtre.

parvenue, arrivée jusqu'à

Tout à coup, une voix bien connue s'écria derrière lui:

—Mon père, mon bon père!

Le vieillard jeta un cri et se retourna°; puis, voyant son fils, il se laissa aller dans ses bras, tout tremblant et tout pâle.

se retourner, tourner dans la direction opposée

—Qu'as-tu donc, père, s'écria le jeune homme inquiet°; tu es malade?

inquiet, qui a un sentiment d'appréhension

—Non, non, mon cher Edmond, mon fils, mon enfant; mais je ne t'attendais pas . . . et la joie de te revoir . . . ah! mon Dieu! il me semble que je vais mourir!

—Eh bien! remets-toi°, père! c'est moi, c'est bien moi! Je reviens et nous allons être heureux.

se remettre, revenir à un meilleur état de santé

—Ah! tant mieux°! mon enfant! reprit° le vieillard; mais comment allons-nous être heureux? tu ne me quittes donc plus? voyons, conte-moi ton bonheur°.

tant mieux!, marque que l'on est satisfait

reprendre, continuer

bonheur, ici, bonne fortune

—Le brave capitaine Leclère est mort, mon père, et il est probable que, par la protection de M. Morrel, je vais avoir sa place. Comprenez-vous, mon père? capitaine à vingt ans? Avec cent louis° d'appointements et une part dans les bénéfices°, je serai riche.

louis, pièce d'or de 20 francs

bénéfice, profit

—Oui, mon fils, oui, en effet, dit le vieillard, c'est extraordinaire.

—Aussi, je veux que du premier argent que je toucherai vous ayez une petite maison, avec un jardin.

Les forces manquant au vieillard, il se renversa° en arrière. *se renverser*, tomber

—Voyons, voyons! dit le jeune homme, un verre de vin, mon père, cela vous remontera; où mettez-vous votre vin?

—Non, merci, ne cherche pas; je n'ai pas besoin de vin, dit le vieillard en essayant° de retenir son fils. Il n'y a plus de vin. *essayer*, s'efforcer

—Comment! Il n'y a plus de vin! dit Dantès en pâlissant°. Vous avez manqué° d'argent, mon père? *pâlissant*, devenant pâle
manquer, (to lack)

—Je n'ai manqué de rien puisque te voilà, dit le vieillard.

—Cependant, dit Dantès en pâlissant, cependant, je vous ai laissé deux cents francs, il y a trois mois, en partant.

—Oui, oui, Edmond, c'est vrai; mais tu avais oublié en partant une petite dette chez le voisin Caderousse; il me l'a rappelée, en me disant que si je ne payais pas pour toi, il irait se faire payer chez M. Morrel. Alors, tu comprends, de peur que cela te fasse tort° . . . *faire tort à* (hurt, injure)

—Eh bien? . . .

—Eh bien! j'ai payé, moi.

—C'était cent quarante francs que je devais à Caderousse. Donc, vous avez vécu trois mois avec soixante francs! murmura le jeune homme. homme.

—Tu sais combien il me faut peu de chose, dit le vieillard.

—Oh! mon Dieu, mon Dieu, pardonnez-moi! Tenez! tenez! père, prenez, prenez, et envoyez chercher tout de suite quelque chose.

Et il vida° sur la table ses poches qui contenaient une douzaine de pièces d'or, cinq ou six pièces de cinq francs et de la monnaie. *vider* (to empty)

—Doucement°! doucement, dit le vieillard en souriant; avec ta permission, j'userai modérément de ta bourse.

—Fais comme tu voudras, dit le jeune homme: mais avant toute chose, prends une servante, père; je ne veux plus que tu restes seul. Mais chut°! voici quelqu'un.

—C'est Caderousse qui a appris sans doute ton arrivée et qui vient te faire son compliment de bon retour.

En effet, au moment où il achevait° la phrase à voix basse, on vit apparaître la tête noire et barbue° de Caderousse. C'était un homme de vingt-cinq à vingt-six ans; il tenait à la main un morceau de drap qu'en sa qualité de tailleur il voulait changer en un revers° d'habit.

—Et te voilà donc revenu, Edmond? dit-il avec un accent marseillais° des plus prononcés et avec un large sourire qui découvrait ses dents blanches comme de l'ivoire.

—Comme vous voyez, voisin Caderousse, et prêt à tout faire pour vous aider répondit Dantès en dissimulant mal sa froideur sous cette offre de service.

—Merci, merci; heureusement je n'ai besoin de rien, et ce sont même quelquefois les autres qui ont besoin de moi.

—On n'est jamais quitte° envers ceux qui nous ont obligé, dit Dantès, car lorsqu'on ne leur doit plus d'argent, on leur doit la reconnaissance.

—A quoi bon parler de cela! Ce qui est passé est passé. Parlons de ton heureux retour, garçon. je suis allé comme cela sur le port et, par hasard, je rencontre l'ami Danglars. Je lui ai demandé où tu étais et c'est lui qui m'a dit que tu étais allé voir ton père; et alors je suis venu, continua Caderousse, pour avoir le plaisir de te serrer la main.

Doucement !, interjection pour engager à la modération

chut !, silence!

achever, finir

barbu, qui a de la barbe

revers, côté d'une chose opposée au côté principal

marseillais, de Marseille

quitte, qui ne doit plus rien

—Ce bon Caderousse, dit le vieillard, il nous aime tant!

—Certainement que je vous aime, et que je vous estime encore; les honnêtes gens° sont si rares. Eh bien! te voilà au mieux° avec M. Morrel, d'après ce qu'on m'a dit!

gens, personnes
au mieux, en excellents termes

—Oui, dit Dantès, et j'espère être bientôt capitaine.

—Tant mieux, tant mieux! cela fera plaisir à tous les anciens° amis, et je sais quelqu'un là-bas, au village des Catalans, qui n'en sera pas fâché.

ancien, vieux

—Mercédès, dit le vieillard.

—Oui, mon père, reprit Dantès, et, avec votre permission, maintenant que je vous ai vu, maintenant que je sais que vous vous portez bien et que vous avez tout ce qu'il vous faut, je vous demanderai la permission d'aller faire visite à Mercédès.

—Va, mon enfant, va, dit le vieux Dantès, et que Dieu te bénisse.

★　　★　　★

Caderousse resta un moment encore; puis, prenant congé du vieux Dantès, il descendit à son tour et alla rejoindre Danglars qui l'attendait au coin de la rue.

—Eh bien! dit Danglars, l'as-tu vu?

—Je le quitte°, dit Caderousse.

Je le quitte, je viens de le quitter

—Et il t'a parlé de son espérance d'être capitaine?

—Il en parle comme s'il l'était déjà.

—Et il est toujours amoureux de la belle Catalane°?

Catalane, de la Catalogne, région du nord-est de l'Espagne

—Amoureux fou. Il est allé la voir, mais, où je me trompe fort°, ou il aura du désagrément de ce côté-là.

fort, beaucoup

—Explique-toi. Dis-moi ce que tu sais sur la Catalane.

—Je ne sais rien de bien positif, seulement j'ai vu des choses qui me font croire, comme je te l'ai dit, que le futur capitaine sera très déçu au village des Catalans.

—Qu'as-tu vu? allons, dis.

—Eh bien, j'ai vu que toutes les fois que Mercédès vient en ville, elle y vient accompagnée d'un grand garçon de Catalan à l'œil noir, très brun, très ardent, et qu'elle appelle "mon cousin".

—Ah, vraiment! et tu crois que ce cousin lui fait la cour°.

faire la cour (to court)

—Je le suppose: que d'autre peut faire un grand garçon de vingt et un ans à une belle fille de dix-sept ans?

—Et tu dis que Dantès est allé au village des Catalans?

—Il est parti devant moi.

—Si nous allions du même côté°?

du même côté, dans la même direction

—Si tu veux.

Et tous deux s'acheminèrent° vers *La Réserve*. C'était le café du village.

s'acheminer, se diriger, prendre le chemin

Arrivés là, ils se firent apporter une bouteille de vin.

Questions

1. Est-ce que le père de Dantès était riche?
2. Qu'est-ce qu'il a fait avec les deux cents francs que lui avait laissés son fils?
3. Quelle était la profession de Caderousse?
4. Qui était Mercédès?
5. Où habitait-elle?
6. Qui attendait Caderousse au coin de la rue?
7. Qu'est-ce que Danglars a dit à Caderousse, au sujet de Mercédès?

III

Réunion

Il faut que nos lecteurs nous suivent à travers l'unique rue de ce petit village catalan et entrent avec nous dans une de ces maisons pittoresques auxquelles le soleil a donné cette belle couleur feuille morte.

Une belle jeune fille aux cheveux noirs se tenait adossée° à un mur. A trois pas d'elle, assis sur une chaise qu'il balançait° d'un mouvement rythmique, appuyant son coude° sur un vieux meuble, un garçon de vingt à vingt-deux ans la regardait d'un air inquiet.

adossé, avec le dos contre
balancer, mouvoir tantôt d'un côté, tantôt de l'autre
coude (elbow)

—Voyons, Mercédès, disait le jeune homme, répondez-moi.

—Je vous ai répondu cent fois, Fernand, et il faut en vérité que vous soyez vraiment entêté° pour insister.

entêté, obstiné

—Eh bien! répétez-le encore pour que j'arrive à le croire. Dites-moi pour la centième fois que vous refusez mon amour. Ah! mon Dieu, mon Dieu! avoir rêvé dix ans d'être votre époux, Mercédès, et perdre cet espoir qui était le seul but° de ma vie!

but, objectif

—Ce n'est pas moi du moins qui vous ai jamais encouragé dans cet espoir, Fernand, dit Mercédès. Je vous aime comme un frère, mais ne me demandez pas autre chose que cette amitié fraternelle, car mon cœur est à un autre.

—Oui, je le sais bien, Mercédès; mais oubliez-vous que c'est parmi les Catalans une loi sacrée de se marier entre eux!

—Vous vous trompez, Fernand, ce n'est pas une loi° mais une habitude, voilà tout; et, croyez-moi, n'invoquez pas cette habitude en votre faveur. Contentez-vous de mon amitié, car

loi, règle obligatoire

je vous le répète, c'est tout ce que je peux vous promettre, et je ne promets que ce que je suis sûre de pouvoir donner.

—Voyons, Mercédès, dit-il encore une fois, répondez! est-ce bien résolu?

—J'aime Edmond Dantès, dit froidement la jeune fille, et nul autre qu'Edmond ne sera mon époux.

—Et vous l'aimerez toujours?

—Tant que° je vivrai.

Tant que, aussi longtemps que

Fernand baissa la tête comme un homme découragé.

—Mais s'il est mort? dit-il.

—S'il est mort, je mourrai.

—Mais s'il vous oublie?

—Mercédès! cria une voix joyeuse au dehors de la maison, Mercédès!

—Ah! s'écria la jeune fille pleine de joie, tu vois qu'il ne m'a pas oubliée, puisque le voilà!

Et elle s'élança° vers la porte qu'elle ouvrit en s'écriant:

s'élancer, se jeter, avec impétuosité

—A moi, Edmond! me voici.

Fernand, pâle et furieux, recula° en arrière, comme fait un voyageur à la vue d'un serpent.

reculer, marcher en arrière

Edmond et Mercédès étaient dans les bras l'un de l'autre. Un immense bonheur les isolait du monde. Tout à coup, Edmond aperçut° la figure sombre de Fernand; par un mouvement dont il ne se rendit pas compte° lui-même, le jeune Catalan tenait la main sur le couteau passé à sa ceinture.

apercevoir, remarquer

se rendre compte, considérer

—Ah! pardon, dit Dantès, je n'avais pas remarqué que nous étions trois.

Puis se tournant vers Mercédès:

—Qui est monsieur? demanda-t-il.

—Monsieur sera notre meilleur ami, Dantès, car c'est mon ami à moi, c'est mon cousin, c'est Fernand, c'est-à dire l'homme qu'après vous,

14

Edmond, j'aime le plus au monde, ne le connaissez-vous pas?

—Ah! bon! dit Edmond, et sans abandonner Mercédès dont il tenait la main, il tendit° avec un mouvement de cordialité son autre main au Catalan. *tendre, avancer*

Mais Fernand, loin de répondre à ce geste amical, resta immobile comme une statue.

Alors Edmond promena° son regard investigateur de Mercédès tremblante à Fernand sombre et menaçant. *promener, ici, diriger de côte et d'autre*

Ce seul regard lui apprit tout.

La colère monta à son front.

—Je ne pensais pas venir avec tant de hâte chez vous, Mercédès, pour y trouver un ennemi.

—Un ennemi! s'écria Mercédès, mais tu te trompes, Edmond, poursuivit-elle, tu n'as point d'ennemi ici, il n'y a que Fernand, mon cousin, qui va te serrer la main comme à un ami dévoué.

Et à ces mots la jeune fille fixa des yeux le Catalan qui, comme s'il etait fasciné par ce regard, s'approcha lentement d'Edmond et lui tendit la main.

Mais à peine eut-il touché la main d'Edmond qu'il sentit qu'il avait fait tout ce qu'il pouvait faire et qu'il s'élança hors de la maison.

Questions

1. Qui était Fernand?
2. Est-ce qu'il aimait Mercédès?
3. Pourquoi est-ce que les Catalans se marient toujours entre eux?
4. Qui est-ce que Mercédès lui a dit qu'elle aimait?
5. Est-ce qu'Edmond et Fernand se connaissaient?

IV

Complot

En sortant de chez Mercédès, Fernand passa devant le café *La Réserve*.

—Eh! le Catalan! eh Fernand! où cours-tu? dit une voix.

Le jeune homme s'arrêta, regarda autour de lui et aperçut Caderousse attablé° avec Danglars.

attablé, assis à une table

—Eh! dit Caderousse, pourquoi ne viens-tu pas prendre un verre avec nous?

Fernand s'arrêta.

Et il tomba plutôt qu'il ne s'assit sur une des chaises qui entouraient la table.

—Il paraît que Dantès et Mercédès vont se marier, dit Caderousse d'un air nonchalant.

—Quand est la noce°? demande Danglars.

noce, marriage

—Oh! elle n'est pas encore faite! murmura Fernand.

—Non, mais elle se fera, dit Caderousse, aussi vrai que Dantès sera capitaine du *Pharaon*, n'est-ce pas?

—C'est un mariage qui ne semble pas faire le bonheur de tout le monde, dit Danglars.

—Il me désespère, dit Fernand.

—Vous aimez donc Mercédès?

—Je l'adore!

—Depuis longtemps?

—Depuis que nous nous connaissons, je l'ai toujours aimée.

—Et vous êtes là à vous arracher° les cheveux, au lieu de chercher un remède à la chose? Je ne croyais pas que ce fût ainsi qu'agissaient° les gens de votre nation.

arracher, tirer avec effort

agisssaient, se comportait

—Que voulez-vous que je fasse?

—Et que sais-je, moi? Est-ce que cela me regarde°. Ce n'est pas moi, ce me semble, qui

regarder, ici, concerner

16

suis amoureux de Mlle Mercédès, mais vous.

—J'avais songé à poignarder° l'homme, mais la femme m'a dit que, s'il arrivait un malheur à son fiancé, elle se tuerait.

poignarder, frapper avec un couteau

—Bah! on dit ces choses-là, mais on ne les fait point°.

point, pas

—Qu'elle se tue ou non, que m'importe°, pourvu que Dantès ne soit point capitaine, dit Danglars, à moitié ivre°.

qu'importe? De quelle importance est-ce?

ivre, sous l'influence de l'alcohol

—Il n'est pas besoin que Dantès meure; d'ailleurs, ce serait fâcheux° car c'est un bon garçon et je l'aime bien, dit Caderousse en se versant un autre verre de vin. A ta santé, Dantès! Et il se mit à chanter.

fâcheux, pénible

—Vous disiez donc, monsieur? reprit Fernand attendant avec avidité° la suite de sa pensée.

avidité, désir ardent

—L'absence sépare tout aussi bien que la mort; et supposons qu'il y ait entre Edmond et Mercédès les murs d'une prison; ils seront séparés, ni plus ni moins.

—Tu as raison, Caderousse: mettons Dantès en prison.

—Mais pourquoi mettrait-on Dantès en prison? reprit Caderousse; il n'a ni volé, ni tué, ni assassiné!

—Non, mais il y a un moyen°, dit Danglars.

moyen, manière

—Eh bien! Quel moyen? demande le Catalan en voyant que le reste de la raison de Caderousse commençait à disparaître sous son dernier verre de vin.

—Oui, il y a un moyen, reprit Danglars. Par exemple: si après un voyage comme celui que vient de faire Dantès, et dans lequel il a touché à l'île d'Elbe, quelqu'un le dénonçait au procureur° du roi comme agent bonapartiste . . .

procureur, magistrat

—Je le dénoncerai, moi! dit vivement le jeune homme.

—Oui; mais alors on vous fait signer la

déclaration et on vous confronte avec celui que vous avez dénoncé . . . Si on se décidait à une pareille chose il vaudrait bien mieux prendre tout bonnement°, comme je le fais, cette plume, et écrire de la main gauche, pour que l'écriture ne fût pas reconnue, une petite dénonciation ainsi conçue.

tout bonnement, simplement

Et Danglars, prenant la plume, écrivit de la main gauche et d'une écriture renversée, qui n'avait aucune ressemblance avec son écriture habituelle, les lignes suivantes qu'il passa à Fernand et que Fernand lut à demi-voix:

"Monsieur le procureur du roi est prévenu° par un ami du trône et de la religion, que le nommé Edmond Dantès second du navire le *Pharaon,* arrivé ce matin de Naples, après avoir touché à l'île d'Elbe, a été chargé par Murat°, d'une lettre pour l'usurpateur, et par l'usurpateur, d'une lettre pour le comité bonapartiste de Paris. On aura la preuve de son crime en l'arrêtant; car on trouvera cette lettre ou sur lui ou dans sa cabine à bord du *Pharaon.*"

prévenir, informer, avertir

Murat (1767–1815), beau-frère de Napoléon 1er

—A la bonne heure°, continua Danglars, il n'y aurait plus qu'à adresser cette lettre à monsieur le procureur du roi et tout serait dit.

à la bonne heure, c'est bien

—Oui, tout serait dit, s'écria Caderousse en riant à l'idée d'une pareille dénonciation.

—Mais, ce que je dis et fais, ce n'est qu'en plaisantant°, dit Danglars et prenant la lettre qu'il froissa° et jeta par terre.

plaisanter, dire ou faire quelque chose pour s'amuser
froisser (to crumple)

—Mais il est temps de rentrer; donne-moi donc ton bras et rentrons, dit Danglars.

—Rentrons, dit Caderousse, mais je n'ai pas besoin de ton bras pour cela. Viens-tu, Fernand? rentres-tu avec nous à Marseille?

—Non, dit Fernand, je reste au village.

Danglars prit le bras de Caderousse et ils partirent ensemble.

18

Lorsqu'il eut fait une vingtaine de pas, Danglars se retourna et vit Fernand se précipiter sur le papier qu'il mit dans sa poche; puis aussitôt, s'élançant hors du café, Fernand prit le chemin de la ville.

—Je crois que maintenant l'affaire est bien lancée° et qu'il n'y a plus qu'à la laisser marcher toute seule, se dit Danglars.

lancer, ici, commencer

Questions

1. Où est allé Fernand, en sortant de chez Mercédès?
2. Qui a-t-il rencontré au café *La Réserve*?
3. Qu'est-ce que Mercédès avait dit à Fernand qu'elle ferait s'il arrivait un malheur à son fiancé?
4. Etait-ce Danglars, Caderousse ou Fernand qui a eu l'idée d'envoyer une lettre anonyme au procureur du roi?
5. Que disait cette lettre?
6. Qui a écrit la lettre?
7. Est-ce que Danglars avait l'intention de l'envoyer, où était-ce simplement une plaisanterie?
8. Qui l'a envoyée au Procureur du roi?

V

Le repas des fiançailles

Le lendemain fut un beau jour. Le soleil se leva pur et brillant.

Le repas avait été préparé au premier étage de cette même *Réserve*.

Quoique le repas ne fût indiqué que pour midi, dès onze heures du matin les convives° commencèrent à arriver. C'étaient d'abord les marins du *Pharaon* et quelques soldats, amis de Dantès. Tous avaient, pour faire honneur aux fiancés, mis leurs plus beaux habits.

Le bruit circulait parmi les futurs convives que les armateurs du *Pharaon* devaient honorer de leur présence le repas de noces de leur second; mais c'était de leur part un si grand honneur accordé à Dantès que personne n'osait y croire. Cependant Danglars en arrivant avec Caderousse, confirma à son tour cette nouvelle. Il avait vu le matin M. Morrel lui-même, et M. Morrel lui avait dit qu'il viendrait dîner à La Réserve.

En effet, un instant après eux, M. Morrel fit son entrée dans la chambre et fut salué par les matelots° du *Pharaon* d'un hourra unanime d'applaudissements.

A peine M. Morrel fut-il entré qu'on envoya Danglars et Caderousse prévenir le fiancé de l'arrivée du personnage important dont la vue avait produit une si vive sensation, et lui dire de se hâter°.

Danglars et Caderousse partirent en courant, mais ils n'avaient pas fait cent pas qu'ils virent la petite troupe° qui venait.

Cette petite troupe se composait de quatre jeunes filles, amies de Mercédès et Catalanes comme elle, qui accompagnaient la fiancée à

convive, invité

matelot, marin

se hâter, se presser

troupe, groupe

laquelle Edmond donnait le bras. Près d'eux marchait le père de Dantès, et derrière eux venait Fernand avec son mauvais sourire.

Ni Mercédès ni Edmond ne voyaient ce mauvais sourire. Les pauvres enfants étaient si heureux qu'ils ne voyaient qu'eux seuls.

Mercédès était plus belle que jamais. Elle marchait de ce pas libre et franc dont marchent les Arlésiennes° et les Andalouses°.

Arlésienne, d'Arles
Andalouse, d'Andalousie, région au sud de l'Espagne

On se mit à table et jamais il n'y eut un repas plus joyeux. Toutefois, il ne fallait pas qu'on reste trop longtemps à table, car à deux heures et demie le maire de Marseille les attendait à l'Hôtel de Ville° pour les marier.

Hôtel de Ville, mairie

—Mercédès n'est pas encore ma femme, dit Dantès en riant. (Il tira° sa montre.) Mais dans une heure et demie, elle le sera.

tirer, faire sortir

On entendit frapper trois coups à la porte; chacun regarda son voisin d'un air étonné°.

étonné, surpris

—Au nom de la loi! cria une voix vibrante à laquelle personne ne répondit.

Aussitôt la porte s'ouvrit et un commissaire de police entra dans la salle suivi de quatre soldats, conduits par un caporal.

L'inquiétude fit place à la terreur.

—Qu'y a-t-il? demanda l'armateur en s'avançant au-devant° du commissaire qu'il connaissait.

au-devant, vers

—Je suis porteur d'un mandat d'arrêt°, dit le commissaire; et quoique ce soit avec regret que je remplisse ma mission, il ne faut pas moins que je la remplisse: lequel de vous, messieurs, est Edmond Dantès?

mandat d'arrêt, ordre d'arrêter

Tous les regards se tournèrent vers le jeune homme qui, fort ému° mais conservant sa dignité, fit un pas en avant et dit:

ému, plein d'émotion

—C'est moi, monsieur, que me voulez-vous?

—Edmond Dantès, reprit le commissaire, au nom de la loi, je vous arrête!

Le repas des fiançailles. ▶

—Vous m'arrêtez! dit Edmond, mais pourquoi m'arrêtez-vous?

—Je l'ignore, monsieur, mais votre premier interrogatoire° vous l'apprendra.

Monsieur Morrel comprit qu'il n' y avait rien à faire contre l'inflexibilité de la situation.

Le père de Dantès se précipita vers l'officier: il y a des choses que le cœur d'un père ou d'une mère ne comprendront jamais; larmes et prières ne pouvaient rien; cependant son désespoir était si grand que le commissaire en fut touché.

—Monsieur, dit-il, tranquillisez-vous; peut-être que c'est une erreur et dès que l'on aura interrogé votre fils, il sera remis en liberté.

—Ah çà! qu'est-ce que cela signifie? demanda Caderousse à Danglars qui jouait la surprise.

—Le sais-je, moi! dit Danglars; je suis comme toi: je n'y comprends rien.

Pendant cette conversation, Dantès avait en souriant serré la main à tous ses amis et s'était constitué prisonnier en disant: Soyez tranquilles, l'erreur va s'expliquer, et probablement que je n'irai même pas jusqu'à la prison.

Dantès descendit l'escalier, précédé du commissaire de police et entouré par les soldats: une voiture dont la porte était ouverte attendait à la porte; il y monta; la portière se referma et la voiture reprit le chemin de Marseille.

Questions

1. Qui étaient les premiers convives qui arrivèrent au repas des fiançailles?
2. Qui accompagnait Mercédès et son fiancé lorsqu'ils arrivèrent à *La Réserve*?
3. Qui avait "un mauvais sourire"?
4. Est-ce que Mercédès et Dantès étaient déjà mariés?

5. Qui est venu interrompre le repas des fiançailles?
6. Est-ce que Caderousse et Danglars étaient surpris de voir arriver la police?
7. Est-ce que Dantès savait pourquoi on l'arrêtait?

VI

L'interrogatoire

M. de Villefort, qui devait interroger Edmond, était le substitut° du procureur du roi. Il était naturellement royaliste. Cependant son père, M. Noirtier, qui demeurait à Paris, était bonapartiste, et pour que les opinions politiques de son père ne nuisent° pas à ses ambitions, M. de Villefort avait renoncé à sa famille et avait changé de nom.

M. Morrel était déjà allé voir M. de Villefort et lui avait recommandé son jeune ami.

—Oh! monsieur, il lui avait dit; vous ne connaissez pas celui qu'on accuse et je le connais moi: imaginez l'homme le plus doux°, et je dirai même l'homme le plus honnête de la marine marchande. Oh! monsieur de Villefort, je vous le recommande de tout mon cœur.

Après avoir pris les papiers que lui donna un agent, M. de Villefort quitta l'antichambre où il avait reçu M. Morrel en disant:

—Qu'on amène° le prisonnier.

Un instant après, Dantès entra.

Le jeune homme était toujours pâle, mais calme et souriant.

—Qui êtes-vous et comment vous nommez-vous? demanda Villefort.

—Je m'appelle Edmond Dantès, monsieur; je suis second à bord du *Pharaon*, qui appartient à MM. Morrel et fils.

—Votre âge?

—Dix-neuf ans, répondit Dantès.

—Que faisiez-vous au moment où on vous a arrêté?

—J'assistais au repas de mes propres fiançailles.

substitut (deputy prosecutor)

nuire, faire obstacle

doux, bon, affable

amener, faire entrer

—Continuez, monsieur, dit Villefort.

—Pourquoi voulez-vous que je continue?

—Pour éclairer° la justice.

éclairer, rendre clair, instruire

—Que la justice me dise sur quel point elle veut être éclairée et je lui dirai tout ce que je sais.

—On dit vos opinions politiques exagérées, dit Villefort.

—Mes opinions politiques, à moi, monsieur? hélas! c'est presque honteux à dire, mais je n'ai jamais eu ce qu'on appelle une opinion: j'ai dix-neuf ans à peine, comme j'ai eu l'honneur de vous le dire. Aussi, toutes mes opinions se limitent à ces trois sentiments: j'aime mon père, je respecte M. Morrel et j'adore Mercédès. Voilà tout ce que je peux dire à la justice; vous voyez que c'est peu intéressant pour elle.

—Vous connaissez-vous des ennemis?

—Des ennemis à moi! dit Dantès: j'ai le bonheur d'être trop peu de chose pour que ma position m'en ait fait.

Villefort tira la lettre de dénonciation de sa poche et la montra à Dantès.

—Reconnaissez-vous cette écriture?

Dantès regarda et lut. Un nuage° passa sur son front, et il dit:

nuage (cloud)

—Non, monsieur, je ne connais pas cette écriture; elle est déguisée.

—Voyons! dit le substitut, parlez-moi franchement et dites-moi tout ce que vous savez. Parlez, monsieur.

—Voici la vérité pure, sur mon honneur de marin: en quittant Naples, le capitaine Leclère tomba malade d'une fièvre. Sentant qu'il allait mourir, il m'appela près de lui.

"—Mon cher Dantès, me dit-il, jurez-moi sur votre honneur de faire ce que je vais vous dire.

"—Je vous le jure, capitaine, lui répondis-je.

"—Eh bien! comme après ma mort le commandement du navire vous appartient en qualité de second, vous prendrez ce commandement, vous irez à l'île d'Elbe, vous demanderez le grand maréchal, vous lui remettrez cette lettre; alors peut-être qu'on vous remettra une autre lettre et qu'on vous chargera de quelque mission. Cette mission qui m'était réservée, Dantès, vous l'accomplirez à ma place.

"—Je le ferai, capitaine, mais peut-être n'arrive-t-on pas si facilement que vous pensez à voir le grand maréchal.

"—Voici une bague° que vous lui ferez par- _bague_ (ring)
venir, dit le capitaine, et qui lèvera toutes les difficultés."

Et à ces mots il me remit une bague. Il était temps: deux heures après, il était mort.

—Et qu'avez-vous fait alors?

—Ce que je devais faire. Arrivé à l'île d'Elbe, j'avais quelques difficultés à m'introduire près du grand maréchal; mais je lui envoyai la bague qui devait me servir de reconnaissance, et les portes s'ouvrirent devant moi. Il me reçut et me remit une lettre qu'il me chargea de porter en personne à Paris.

—Donnez-moi cette lettre.

—Elle doit être devant vous, monsieur, car on me l'a prise avec mes autres papiers.

—Attendez, dit le substitut en cherchant dans ses papiers; à qui est-elle adressée?

—_A Monsieur Noirtier, rue Coq-Hardi, à Paris._

La foudre° tombant sur Villefort ne l'eût point _foudre_ (lightning)
frappé d'un coup plus rapide et imprévu°. _imprévu_, inattendu

—M. Noirtier, rue Coq-Héron, N° 13, murmura-t-il en pâlissant de plus en plus.

—Oui, monsieur, répondit Dantès étonné, le connaissez-vous?

—Non, répondit vivement Villefort: un fidèle serviteur du roi ne connaît pas les conspirateurs.

—Il s'agit donc d'une conspiration? demanda Dantès.

—Oui, reprit Villefort. Et vous dites que vous
ne savez pas ce que contenait cette lettre?

—Sur l'honneur, monsieur, dit Dantès, je
l'ignore°.   *ignorer*, ne pas savoir

—Et vous n'avez montré cette lettre à personne? dit Villefort tout en lisant et en pâlissant
à mesure° qu'il lisait.   *à mesure que*, en même temps que

—A personne, monsieur.

—Monsieur, les charges les plus graves résul-
tent pour vous de votre interrogatoire. Je ne
peux pas, comme je l'avais espéré d'abord,
vous rendre votre liberté; je dois, avant de
prendre une pareille° mesure, consulter le juge   *pareil*, tel
d'instruction°. En attendant, vous avez vu de   *juge d'instruction* (examining judge)
quelle façon j'ai agi avec vous.

—Oh! oui, monsieur, s'écria Dantès, et je vous
en remercie, car vous avez été pour moi plutôt un
ami qu'un juge.

—Eh bien! monsieur, je vais vous retenir encore
quelque temps prisonnier, le moins de temps
que je pourrai; la principale charge qui existe
contre vous, c'est cette lettre, et vous voyez . . .

Villefort s'approcha de la cheminée, la jeta dans
le feu et attendit qu'elle fut réduite en cendres°.   *cendres* (ashes)

—Et vous voyez, continua-t-il, maintenant vous
et moi nous savons seuls que cette lettre a existé.

—Oh! s'écria Dantès, monsieur, vous êtes
plus que la justice, vous êtes la bonté.

Villefort posa la main sur le cordon d'une
sonnette.

Le commissaire de police entra.

Villefort s'approcha de l'officier public et lui
dit quelques mots à l'oreille; le commissaire
répondit par un simple signe de tête.

—Suivez-monsieur, dit Villeroi à Dantès.

En traversant l'antichambre, le commissaire de
police fit un signe à deux gendarmes, lesquels se
placèrent l'un à droite, l'autre à gauche de
Dantès. Et Dantès fut reconduit à sa prison.

Questions

1. Est-ce que le père de M. de Villefort était royaliste?
2. Qui a été voir M. de Villefort pour lui recommander Dantès?
3. Quelles étaient les opinions politiques de Dantès?
4. Qu'est-ce que Dantès avait remis au grand maréchal, à l'île d'Elbe?
5. A qui était adressée la lettre que le grand maréchal chargea Dantès de porter en personne à Paris?
6. Est-ce que Dantès avait lu cette lettre?
7. Qu'est-ce que M. de Villefort fit de la lettre?
8. Où a-t-on conduit Dantès, en sortant de chez M. de Villefort?

VII

L'embarquement

Le lendemain, vers dix heures du soir, au moment où Dantès commençait à perdre l'espoir, il entendit des pas dans le corridor. On ouvrit la porte de sa prison; quatre gendarmes attendaient devant la porte.

—Vous venez me chercher? demanda Dantès.

—Oui, répondit le gendarme.

—De la part de M. le substitut du procureur du roi?

—Oui, je le pense.

—Bien, dit Dantès, je suis prêt à vous suivre.

La conviction qu'on venait le chercher de la part de M. de Villefort ôtait° toute crainte° au malheureux jeune homme: il s'avança donc, calme d'esprit, et se plaça de lui même au milieu de son escorte.

ôter, enlever
crainte, peur

Une voiture attendait à la porte de la rue; le cocher° était sur son siège, un gendarme était assis près du cocher.

cocher (coachman)

—Est-ce pour moi que cette voiture est là? demanda Dantès.

—C'est pour vous, répondit un des gendarmes, montez.

Dantès voulut faire quelques observations, mais la portière s'ouvrit, il sentit qu'on le poussait; il n'avait ni la possibilité ni même l'intention de faire résistance, il se trouva en un instant assis au fond de la voiture entre deux gendarmes; deux autres gendarmes s'assirent sur le banc de devant, et la voiture se mit à° rouler avec un bruit sinistre.

se mettre à, commencer

Le prisonnier jeta les yeux sur les ouvertures; elles étaient grillées°; il n'avait fait que changer de prison; seulement celle-là roulait, et le transportait en roulant vers un but ignoré. A travers les barreaux, il reconnut cependant qu'on se dirigeait vers le quai.

grillées, fermées avec des barres

Enfin la voiture s'arrêta, on descendit et marcha vers un bateau. En un instant Dantès fut installé dans le bateau entre quatre gendarmes. Une violente secousse° éloigna° le bateau du bord°.

secousse, choc
éloigner, rendre loin
bord (shore)

—Mais où me menez-vous? demanda Dantès à l'un des gendarmes.

—Vous le saurez tout à l'heure.

—Mais encore . . .

—A moins que vous n'ayez un bandeau sur les yeux ou que vous ne soyez jamais sorti du port de Marseille, vous devez cependant deviner où vous allez.

—Non.

—Regardez autour de vous, alors.

Dantès se leva, jeta naturellement les yeux sur le point où paraissait se diriger le bateau, et il vit la roche noire sur laquelle est construit le château d'If.

—Ah! mon Dieu! s'écria-t-il, le château d'If! Et qu'allons nous faire là?

Le gendarme sourit.

—Mais on ne me mène pas là pour être emprisonné? continua Dantès. Le château d'If est une prison d'Etat, destinée seulement aux grands coupables politiques. Je n'ai commis aucun crime. Est-ce qu'il y a des juges, des magistrats quelconques au château d'If?

—Il n'y a, je suppose, dit le gendarme, qu'un gouverneur, des geôliers°, une garnison° et de bons murs. Allons, allons, ne faites pas tant l'étonné.

geôlier, gardien d'une prison
garnison (garrison)

Arrivée de Dantès au château d'If. ▶

—Vous prétendez donc que l'on me conduit au château d'If pour m'y emprisonner.

—C'est probable, dit le gendarme.

—Sans autre information, sans autre formalité? demanda le jeune homme. Ainsi, malgré la promesse de M. de Villefort?

—Je ne sais si M. de Villefort vous a fait une promesse, dit le gendarme, mais ce que je sais, c'est que nous allons au château d'If. Eh bien! que faites-vous donc? Holà! camarades, à moi!

Par un mouvement prompt° comme l'éclair°, qui cependant avait été surpris par l'œil expert du gendarme, Dantès avait voulu sauter dans la mer; mais quatre bras vigoureux le retinrent au moment où ses pieds quittaient le bateau.

prompt, rapide
éclair (flash)

Il retomba au fond de la barque en hurlant° de rage. Le gendarme lui mit le genou sur la poitrine.

hurler, crier

Presque au même instant un choc violent ébranla° le bateau. Dantès comprit qu'on était arrivé et que le bateau venait de toucher terre.

ébranler, secouer

Les gardiens qui tenaient Dantès, à la fois par les bras et le col de son habit, le forcèrent de se relever et de descendre à terre. Ils le traînèrent° vers les marches qui mènent à la porte de la citadelle. Dantès, au reste°, ne fit point une résistance inutile. Il vit des soldats qui l'attendaient et sentit des escaliers qui le forçaient de lever les pieds, il s'aperçut qu'il passait une porte et que cette porte se refermait derrière lui; mais tout cela machinalement, comme à travers un brouillard°.

traîner, tirer derrière soi

au reste, d'ailleurs

brouillard, vapeur en suspension dans l'air

Il y eut une halte d'un moment. Il regarda autour de lui: il était dans une cour carrée, formée par quatre hautes murailles°. On entendait le pas lent et régulier des sentinelles. On attendit là dix minutes à peu près.

muraille, mur épais d'une certaine élévation

On semblait attendre des ordres; ces ordres arrivèrent.

Questions

1. Où est le château d'If?
2. Qu'est-ce que Dantès essaya de faire dans le bateau, quand il comprit qu'on l'emmenait au château d'If?

VIII

Le château d'If

—Où est le prisonnier? demanda une voix.

—Le voici, répondirent les gendarmes.

—Qu'il me suive, je vais le conduire à son logement.

—Allez, dirent les gendarmes en poussant Dantès.

Le prisonnier suivit son conducteur qui le conduisit dans une salle presque souterraine° dont les murailles humides semblaient imprégnées d'une vapeur de larmes.

souterrain, sous terre

—Voici votre chambre pour cette nuit, dit le geôlier qui lui avait servi de conducteur. Demain, peut-être qu'on vous changera de domicile; en attendant, voici du pain, il y a de l'eau dans cette cruche°, de la paille° là-bas dans un coin, c'est tout ce qu'un prisonnier peut désirer. Bonsoir.

cruche (pitcher)
paille (straw)

Questions

1. Une fois arrivé au château d'If, où est-ce que le geôlier a conduit le prisonnier?
2. Qu'est-ce qu'on lui a donné à manger?

IX

Le lendemain

Le lendemain, à la même heure, le geôlier rentra.

—Eh bien! lui demanda le geôlier, êtes-vous plus raisonable aujourd'hui qu'hier?

Dantès ne répondit point.

—Voyons donc, dit celui-ci, un peu de courage; y a-t-il quelque chose que je puisse faire pour vous?

—Je désire parler au gouverneur.

—Ceci est impossible.

—Pourquoi cela, impossible?

—Parce que, par les règlements de la prison, il n'est pas permis à un prisonnier de le demander. Il est sans exemple que, sur sa demande, le gouverneur soit venu dans la chambre d'un prisonnier; seulement, soyez sage, on vous permettra la promenade, et il est possible qu'un jour, pendant que vous vous promenez, le gouverneur passe; alors vous l'interrogerez, et, s'il veut vous répondre, cela le regarde.

—Mais, dit Dantès, combien de temps puis-je attendre ainsi sans que ce hasard° se présente? *hasard,* chance, occasion

—Un mois, trois mois, six mois, un an peut-être.

—C'est trop long, dit Dantès, je veux le voir tout de suite.

—Ah! dit le geôlier, ne vous absorbez pas ainsi dans un seul désir, ou avant quinze jours° vous serez fou. *quinze jours,* deux semaines

—Ah! tu crois? dit Dantès.

—Oui, fou; c'est toujours ainsi que commence la folie, nous en avons un ici: c'est en offrant sans cesse un million au gouverneur pour qu'il le mette en liberté que l'abbé° qui habitait cette chambre est devenu fou. *abbé,* prêtre

—Et combien de temps y a-t-il qu'il a quitté cette chambre?

—Deux ans.

—On l'a mis en liberté?

—Non, on l'a mis au cachot°. cachot, cellule de prison, basse et obscure

—Ecoute, dit Dantès, je ne suis pas abbé et je ne suis pas fou; peut-être que je le deviendrai, mais à cette heure j'ai encore tout mon bon sens: je vais te faire une autre proposition.

—Laquelle?

—Je ne t'offrirai pas un million, moi, car je ne pourrais pas te les donner; mais je t'offrirai cent francs si tu veux la première fois que tu iras à Marseille descendre jusqu'au village des Catalans et remettre une lettre à une jeune fille qu'on appelle Mercédès; pas même une lettre, deux lignes seulement.

—Si je portais ces deux lignes et si j'étais découvert, je perdrais ma place.

—Eh bien! écoute bien ceci: si tu refuses de porter deux lignes à Mercédès ou, tout au moins, de la prévenir que je suis ici, un jour je t'attendrai caché derrière ma porte, et au moment où tu entreras, je te briserai° la tête avec cette chaise. briser, mettre en pièces

—Des menaces! s'écria le geôlier en faisant un pas en arrière et en se mettant sur la défensive: décidément, vous perdez la raison; l'abbé a commencé comme vous. Heureusement que l'on a des cachots au château d'If.

Dantès prit la chaise et la fit tournoyer° autour de sa tête. tournoyer, tourner en faisant plusieurs tours

—C'est bien, c'est bien! dit le geôlier; eh bien. puisque vous le voulez absolument, on va prévenir le gouverneur.

—A la bonne heure! dit Dantès.

Le geôlier sortit, et un instant après rentra avec quatre soldats et un caporal.

—Par ordre du gouverneur, dit-il, descendez le prisonnier un étage au-dessous° de celui-ci.

au-dessous, à un point inférieur

—Au cachot alors, dit le caporal.

—Au cachot: il faut mettre les fous avec les fous.

On lui fit descendre quinze marches et on ouvrit la porte d'un cachot dans lequel on le poussa.

La porte se referma. Dantès alla devant lui, les mains étendues° jusqu'à ce qu'il sentît le mur; alors il s'assit dans un coin et resta immobile, tandis que ses yeux, s'habituant peu à peu à l'obscurité, commençaient à distinguer les objets.

étendre (to extend)

Questions

1. Quelle est la personne que Dantès a dit qu'il voulait voir?
2. Où est-ce que le geôlier lui a dit qu'il pourrait peut-être le rencontrer?
3. Quel service est-ce que Dantès a demandé au geôlier de lui rendre?
4. Pourquoi est-ce que le geôlier a refusé?
5. Qu'est-ce que Dantès a dit au geôlier qu'il ferait, s'il refusait de lui rendre ce service?
6. Où est-ce que le geôlier fit conduire Dantès?

X

Les cent jours

Edmond demeura° prisonnier: perdu dans les profondeurs de son cachot, il n'entendit point le bruit formidable de la chute° du trône de Louis XVIII et celui plus épouvantable° encore de l'écroulement° de l'Empire.

demeurer, rester

chute, action de tomber
épouvantable, terrifiant
écroulement, chute, ruine complète

Revenu de l'île d'Elbe, Napoléon Bonaparte avait rétabli l'Empire; mais après la bataille de Waterloo, il fut obligé d'abdiquer et le roi Louis XVIII remonta sur le trône.

Deux fois pendant cette période, que l'on appela les Cent Jours, Morrel est allé voir Villefort, insistant toujours pour la liberté de Dantès, et chaque fois Villefort l'avait calmé par des promesses et des espérances. Enfin Waterloo arriva. Morrel ne reparut pas chez Villefort: l'armateur avait fait pour son jeune ami tout ce qu'il était possible de faire; essayer de nouvelles tentatives sous cette seconde restauration était se compromettre inutilement.

Voilà pourquoi Dantès, pendant les Cent Jours et après Waterloo, demeura en prison, oublié, sinon des hommes, au moins de Dieu.

Questions

1. Quel roi de France dut abandonner son trône quand Napoléon est revenu de l'île d'Elbe?
2. Quel était le nom de la bataille après laquelle Napoléon abdiqua et fut envoyé à St. Hélène?

XI

Le prisonnier furieux et le prisonnier fou

Un an environ° après le retour de Louis XVIII, il y eut au château d'If une visite de l'inspecteur des prisons.

environ, à peu près

L'inspecteur visita l'un après l'autre chambres, cellules et cachots. Plusieurs prisonniers furent interrogés : c'était ceux que leur douceur ou leur stupidité recommandait à la bienveillance° de l'administration ; l'inspecteur leur demandait comment ils étaient nourris, et quelles étaient les réclamations qu'ils avaient à faire.

bienveillance, faveur

réclamation (complaint)

Ils répondaient unanimement que la nourriture était détestable et qu'ils réclamaient leur liberté.

L'inspecteur se tourna en souriant vers le gouverneur et dit :

—Je ne sais pas pourquoi on nous fait faire ces tournées° inutiles. Qui voit un prisonnier en voit cent ; qui entend un prisonnier en entend mille ; c'est toujours la même chose : mal nourris et innocents. En avez-vous d'autres ?

tournée, voyage d'inspection

—Oui, nous avons les prisonniers dangereux ou fous que nous gardons au cachot.

—Voyons ! dit l'inspecteur avec un air de profonde lassitude°, allons les voir ; descendons dans les cachots.

lassitude, fatigue

On envoya chercher deux soldats et l'on commença de descendre par un escalier si puant°, si infect° que le passage dans un pareil endroit affectait désagréablement à la fois la vue, l'odorat et la respiration.

puant, qui sent mauvais

infect, qui exhale de mauvaises odeurs

—Oh ! fit l'inspecteur en s'arrêtant à la moitié de la descente, qui, mon Dieu, peut loger là ?

—Un conspirateur des plus dangereux, et qui nous est particulièrement recommandé comme un homme capable de tout.

Au grincement° des massives serrures, Dantès *grincement* (creaking)
accroupi° dans un angle° de son cachot, releva la *accroupir* (to crouch)
tête. A la vue d'un homme inconnu auquel le *angle*, coin
gouverneur parlait le chapeau à la main, il comprit
que c'était un personnage important qui venait
et vit là une occasion d'implorer une autorité
supérieure. Il bondit° en avant, les mains jointes. *bondir*, sauter

Les soldats croisèrent aussitôt la baïonnette,
croyant que le prisonnier s'élançait vers l'inspecteur avec de mauvaises intentions.

L'inspecteur lui-même fit un pas en arrière.

Dantès vit qu'on l'avait présenté comme un
homme à craindre. S'exprimant avec une sorte
d'éloquence pieuse qui étonna les visiteurs, il
essaya de toucher l'âme de son visiteur.

—En résumé, dit l'inspecteur, que demandez-
vous?

—Je demande quel crime j'ai commis; je
demande que l'on me donne des juges; je de-
mande enfin qu'on me fusille° si je suis coupable, *fusiller*, tuer d'un
mais aussi qu'on me mette en liberté si je suis coup de fusil
innocent.

—A quelle époque avez-vous été arrêté?
demanda l'inspecteur.

—Le 28 février 1815, à deux heures de l'après-
midi.

L'inspecteur calcula.

—Nous sommes le 30 juillet 1816; il n'y a que
dix-sept mois que vous êtes prisonnier.

—Que dix-sept mois! reprit Dantès. Ah!
monsieur, vous ne savez pas ce que c'est que
dix-sept mois de prison: dix-sept années, dix-
sept siècles, surtout pour un homme qui, comme
moi, touchait au bonheur, pour un homme qui,
comme moi, allait épouser une femme aimée, pour
un homme qui voyait s'ouvrir devant lui une
carrière honorable, et à qui, du milieu du jour le
plus beau, tombe dans la nuit la plus profonde,
qui voit sa carrière détruite, qui ne sait pas si celle

qui l'aimait l'aime encore, qui ignore si son vieux père est mort ou vivant. Dix-sept mois de prison, pour un homme habitué à l'air de la mer! Ayez donc pitié de moi, monsieur, et demandez pour moi, non pas une grâce°, mais un jugement: des juges, monsieur, je ne demande que des juges; on ne peut pas refuser des juges à un accusé.

grâce, remise de peine

—C'est bien, dit l'inspecteur, on verra.

Puis, se retournant vers le gouverneur:

—En vérité, dit-il, le pauvre diable me fait de la peine. En remontant, vous me montrerez le registre de la prison. Je veux voir de quoi il est accusé.

—Certainement, dit le gouverneur.

La porte s'était refermée; mais l'espoir descendu avec l'inspecteur était resté enfermé avec Dantès.

—Vous voulez voir le registre tout de suite, demanda le gouverneur, ou passer au cachot de l'abbé fou?

—Finissons-en avec les cachots, répondit l'inspecteur. Si je remontais au jour, je n'aurais peut-être plus le courage de continuer ma triste mission.

—Ah! ce prisonnier-là n'est pas un prisonnier comme l'autre et sa folie, à lui, est moins attristante que la raison de son voisin.

—Et quelle est sa folie?

—Oh! une folie étrange: il se croit possesseur d'un trésor immense. La première année de sa captivité, il a offert au gouvernement un million si le gouvernement voulait le mettre en liberté; la seconde année, deux millions; la troisième, trois millions, et ainsi progressivement. Il en est à sa cinquième année de captivité; il va vous demander de vous parler en secret, et vous offrira cinq millions.

—Ah! Ah! en effet, c'est curieux, dit l'inspecteur; et comment appelez-vous ce millionnaire?

—L'abbé Faria. C'est ici. Ouvrez, Antoine.

Le geôlier obéit, et le regard curieux de l'inspecteur plongea dans le cachot de l'*abbé fou.*

C'est ainsi que l'on nommait généralement le prisonnier.

—Que demandez-vous? dit l'inspecteur sans changer sa formule°.

—Moi, monsieur, dit l'abbé d'un air étonné, je ne demande rien.

• —Vous ne comprenez pas, reprit l'inspecteur: je suis agent du gouvernement, j'ai mission de descendre dans les prisons et d'écouter les réclamations des prisonniers.

—Oh! alors, Monsieur, c'est autre chose, s'écria vivement l'abbé. Pouvez-vous m'accorder la faveur d'un entretien particulier°?

—Mon cher monsieur, dit le gouverneur, malheureusement nous savons d'avance et par cœur ce que vous direz. Il s'agit du trésor, n'est-ce pas?

—Cependant, Monsieur reprit l'abbé, s'il s'agissait de° faire gagner au gouvernement une somme énorme, une somme de cinq millions par exemple?

—Mon cher Monsieur, le gouvernement est riche et n'a, Dieu merci, pas besoin de votre argent; gardez-le donc pour le jour où vous sortirez de prison.

L'œil de l'abbé se dilata; il saisit la main de l'inspecteur.

—Mais si je ne sors pas de prison, dit-il, si, contre toute justice, on me retient dans ce cachot, si je meurs sans avoir légué° mon secret à personne, ce secret sera donc perdu? J'irai jusqu'à six millions, monsieur, oui, j'abandonnerai six millions, et je me contenterai du reste, si l'on veut me rendre ma liberté.

—Sur ma parole, dit l'inspecteur à demi-voix,

formule, façon de s'exprimer

entretien particulier, conversation privée

Il s'agit de, c'est au sujet de

léguer, laisser par testament

si l'on ne savait pas que cet homme est fou, il parle avec un accent si convaincu qu'on croirait qu'il dit la vérité.

Questions

1. Quelles étaient les deux questions que l'inspecteur des prisons posait aux prisonniers?
2. Que répondaient-ils unanimement?
3. Qu'est-ce que Dantès a demandé à l'inspecteur?
4. Depuis combien de temps est-ce que Dantès était en prison?
5. Est-ce que l'inspecteur des prisons a été touché par ce que lui a dit Dantès?
6. Qu'est-ce que l'abbé fou a demandé à l'inspecteur?
7. De quoi voulait-il parler à l'inspecteur?
8. Combien offrit-il à l'inspecteur?

44

XII

Rien à faire

Quant à Dantès, l'inspecteur lui tint parole. En montant chez le gouverneur, il se fit présenter le registre de la prison. La note concernant le prisonnier était ainsi conçue:

Edmond Dantès

Bonapartiste enragé; a pris une part active au retour de l'île d'Elbe.
A tenir au plus grand secret et sous la plus grande surveillance.

Cette note était d'une autre écriture et d'une encre différente que le reste du registre, ce qui prouvait qu'elle avait été ajoutée depuis que Dantès était entré en prison.

L'accusation était trop positive pour essayer de la combattre. L'inspecteur écrivit donc au-dessous de la note: "Rien à faire°."

Rien à faire, Il est impossible de faire quelque chose pour lui

Questions

1. Qu'est-ce que l'inspecteur a demandé à voir, après avoir vu Dantès?
2. Qu'est-ce qui était écrit sur le registre de la prison?
3. Quelle était la conclusion de l'inspecteur?

XIII

Le numéro 34 et le numéro 27

Les jours passèrent, puis les semaines, puis les mois puis les années. A la fin de la deuxième, Dantès avait cessé de compter les jours.

Un soir, vers neuf heures, Dantès entendit un faible bruit à l'intérieur du mur de son cachot. C'était un grattement, comme si l'on grattait° la pierre avec un instrument quelconque°.

gratter (to scratch)

quelconque, de quelque sorte

Ce bruit dura trois heures à peu près, après quoi le bruit cessa.

Quelques heures après, le bruit reprit plus fort et plus rapproché°. Edmond se dit:

rapprocher, faire venir plus près

—Il faut que je l'aide, mais sans compromettre personne. Si le travailleur est un ouvrier° ordinaire, je n'ai qu'à frapper contre le mur et il cessera son travail pour deviner quel est celui qui frappe et dans quel but il frappe. Mais comme son travail sera non seulement permis, mais commandé, il reprendra son travail. Si au contraire c'est un prisonnier, le bruit que je ferai l'effraiera°; il craindra d'être découvert; il cessera son travail et ne le reprendra que ce soir quand il croira tout le monde couché et endormi. Il frappa contre le mur, et le bruit cessa.

ouvrier, employé qui fait un travail manuel

effrayer, faire peur à

La journée se passa, le silence durait toujours.

La nuit vint sans que le bruit ne recommence.

Trois jours se passèrent, soixante-douze heures comptées minute par minute.

Enfin un soir, comme le geôlier venait de faire sa dernière visite, comme Dantès mettait son oreille contre le mur, il entendit le bruit de nouveau.

Plus de doute possible, il se faisait quelque chose de l'autre côté du mur, et ce travailleur était un prisonnier.

Encouragé par cette découverte, Edmond

46

décida de venir en aide à l'infatigable travailleur.
Il commença par déplacer son lit derrière lequel
il lui semblait que le travail dans le mur se faisait,
et chercha un objet avec lequel il pût creuser° *creuser*, faire une cavité
dans la muraille.

Rien ne se présenta à sa vue. Il n'avait ni
couteau ni instrument pointu.

Dantès essaya avec ses ongles°, mais ses ongles *ongle* (fingernail)
étaient insuffisants pour cela.

Alors une idée lui passa par l'esprit: le geôlier
apportait tous les jours la soupe à Dantès dans
une casserole de fer-blanc°. Cette casserole avait *fer-blanc* (tin)
un manche de fer; c'était ce manche° de fer qu'il *manche* (handle)
lui fallait.

Le soir, Dantès posa son assiette à terre entre
la porte et la table; le geôlier en entrant mit le
pied sur l'assiette et la brisa en mille morceaux.

Le geôlier regarda autour de lui dans quoi il
pouvait verser la soupe.

—Laissez la casserole, dit Dantès, vous la
reprendrez en m'apportant demain mon déjeuner.

Ce conseil flatta la paresse° du geôlier qui *paresse*, aversion pour le travail
n'avait pas besoin ainsi de remonter, de descendre
et de remonter encore.

Il laissa la casserole.

Le lendemain Dantès dit au geôlier:

—Eh bien! vous ne m'apportez pas une autre
assiette?

—Non, dit le geôlier. Vous cassez tout. On
vous laisse la casserole et on vous versera votre
soupe dedans: de cette façon vous ne casserez
plus d'assiettes.

Ce manche de casserole était un instrument
avec lequel Dantès pouvait travailler. Toute la
journeé il travailla. Le soir il avait, grâce à son
nouvel instrument, tiré de la muraille plus de
dix poignées° de plâtre et de ciment. *poignée*, quantité que la main fermée peut contenir

La nuit, il continua de travailler, mais après deux

ou trois heures de labeur, il rencontra une poutre°.

Le manche de sa casserole glissait° sur la surface plane sans pouvoir la pénétrer.

poutre, pièce en bois ou en métal supportant une construction
glisser (to slip)

Le malheureux jeune homme n'avait pas songé à cet obstacle.

—Oh! Mon Dieu, mon Dieu! s'écria-t-il, ayez pitié de moi, ne me laissez pas mourir dans le désespoir.

—Qui parle de Dieu et de désespoir en même temps? articula une voix qui semblait venir de dessous terre.

Edmond sentit se dresser° ses cheveux sur sa tête.

dresser, lever

—Ah! murmura-t-il, j'entends parler un homme.

Il y avait quatre ou cinq ans qu'Edmond n'avait entendu parler que son geôlier, et pour le prisonnier, le geôlier n'est pas un homme.

—Au nom du ciel! s'écria Dantès, vous qui avez parlé, parlez encore. Qui êtes-vous?

—Qui êtes-vous, vous-même? demanda la voix.

—Un malheureux prisonnier, reprit Dantès.

—De quel pays?

—La France.

—Votre nom?

—Edmond Dantès.

—Depuis combien de temps êtes-vous ici?

—Depuis le 28 février 1815.

—Votre crime?

—Je suis innocent.

—Mais de quoi vous accuse-t-on?

—D'avoir conspiré pour le retour de l'empereur.

—Comment! pour le retour de l'empereur! l'empereur n'est donc plus sur le trône?

—Il a abdiqué à Fontainebleau en 1814 et a été envoyé à l'île d'Elbe. Mais vous-même depuis quel temps êtes-vous ici, que vous ignorez tout cela?

—Depuis 1811.

Dantès frissonna°; cet homme avait quatre ans de prison de plus que lui.

frissonner (to shudder)

—Dites-moi, sur quoi donne votre chambre?

—Sur un corridor.

—Et le corridor?

—Il mène à une cour.

—Hélas! murmura la voix.

—Oh! mon Dieu, qu'y a-t-il donc? s'écria Dantès.

—Il y a que je me suis trompé° et que j'ai pris le mur que vous creusez pour celui de la citadelle!

se tromper, faire une erreur

—Mais alors vous seriez arrivé à la mer?

—C'était ce que je voulais.

—Et si vous aviez réussi°?

réussir, avoir un résultat heureux

—Je me serais jeté à la mer et j'aurais nagé jusqu'à une des îles près du château d'If, soit° l'île de Tiboulen, soit même la côte, et alors, j'aurais été sauvé.

soit, ou

—Auriez-vous pu nager jusque là?

—Dieu m'en aurait donné la force; et maintenant tout est perdu. Oui, rebouchez° votre trou avec pécaution; ne travaillez plus, ne vous occupez plus de rien, et attendez de mes nouvelles.

reboucher, refermer une ouverture

—Mais qui êtes-vous?... au moins, dites-moi qui vous êtes.

—Je suis... je suis le n° 27..., je suis l'abbé Faria.

Questions

1. Quel bruit est-ce que Dantès entendit à l'intérieur du mur?
2. Qu'est-ce que fit Dantès?
3. De quel instrument se servit-il pour creuser dans le mur?
4. Qu'est-ce qu'avait dit Dantès, lorsqu'une voix lui répondit?
5. Depuis combien de temps est-ce que le prisonnier numéro 27 était en prison?

XIV

L'abbé Faria

Le lendemain, comme Dantès venait d'écarter° son lit de la muraille, il entendit frapper trois coups: il se précipita à genoux.

—Est-ce vous? dit-il, me voilà.

Alors, au fond du trou sombre dont il ne pouvait mesurer la profondeur, il vit apparaître une tête, des épaules et enfin un homme tout entier qui sortit avec assez d'agileté de l'excavation pratiquée°.

C'était l'abbé Faria.

Pendant les mois qui suivirent la première rencontre de Dantès et de l'abbé Faria, l'affection de l'un pour l'autre devint de plus en plus grande.

L'abbé Faria était un grand savant° et il enseigna à Dantès beaucoup de choses.

Il révéla quelque chose à Dantès qui devait influencer sa façon de penser.

Dantès lui avait raconté les conditions de son arrestation, et l'abbé avec sa grande perspicacité avait deviné la perfidie° de Danglars, de Fernand et de Villefort.

Quand Dantès vit clair dans les machinations qui l'avaient fait prisonnier, il jeta un cri, chancela° un instant comme un homme ivre; puis, s'élançant par l'ouverture qui conduisait de la cellule de l'abbé à la sienne:

—Oh! dit-il, il faut que je sois seul pour penser à cela!

Il tomba sur son lit où le geôlier le retrouva le soir, assis, les yeux fixes, immobile comme une statue.

-Pendant ces heures de méditation il avait pris une terrible résolution et fait un formidable serment°.

écarter, éloigner

pratiquer, effectuer, faire

savant, homme de science ou d'érudition

perfidie, trahison

chanceler, vaciller sur ses pieds

serment, promesse solennelle

Une voix tira Dantès de sa rêverie; c'était celle de l'abbé Faria qui, à son tour, ayant reçu la visite de son geôlier, venait inviter Dantès à souper avec lui dans sa cellule.

Dantès le suivit.

—Je regrette de vous avoir aidé dans vos recherches, lui dit l'abbé.

—Pourquoi cela? demanda Dantès.

—Parce que je vous ai infiltré dans le cœur un sentiment qui n'y était point: la vengeance.

Dantès sourit.

—Parlons d'autre chose, dit-il. Etes-vous fort?

Dantès, sans répondre, prit l'outil° de fer que l'abbé avait fait en cachette et le tordit° comme un fer à cheval. *outil* (tool) / *tordre,* tourner violemment

—Bien, dit l'abbé, nous pourrons exécuter mon plan.

L'abbé montra alors à Dantès un dessin qu'il avait tracé. C'était le plan de sa chambre, de celle de Dantès et du corridor qui joignait l'une à l'autre. Au milieu de ce corridor, il avait tracé un tunnel qui allait sous la galerie où se promenait la sentinelle; une fois arrivés là, ils décèleraient° une des dalles° qui formait le plancher de la galerie; la dalle, à un moment donné, s'enfonce-rait° sous le poids du soldat qui disparaîtrait, tombant dans le tunnel; Dantès se précipiterait sur lui, le lierait°, et tous deux alors descendraient le long de la muraille et se sauveraient. *déceler* (to loosen) / *dalle* (paving-stone) / *s'enfoncer* (sink) / *lier,* attacher avec une corde

Ce plan était si simple qu'il devait réussir.

Le même jour, les deux prisonniers se mirent au travail avec d'autant plus d'ardeur que ce travail succédait° à un long repos. *succéder,* venir après

Plus d'un an se passa à ce travail; pendant cette année, et tout en travaillant, Faria continuait d'instruire Dantès, lui parlant tantôt° une langue, tantôt une autre, lui apprenant l'histoire des nations et des grands hommes. *tantôt,* une fois . . . une autre fois

Au bout de quinze mois, le tunnel était fait;

l'excavation était faite sous la galerie; on entendait passer et repasser la sentinelle, et les deux prisonniers qui étaient forcés d'attendre une nuit obscure et sans lune pour rendre leur évasion° plus certaine encore, n'avaient plus qu'une crainte: c'était de voir le plancher s'effondrer° de lui-même sous les pieds de la sentinelle. Pour que cela n'arrive pas, ils placèrent une espèce de petite poutre qu'ils avaient trouvée dans les fondations comme support sous le plancher.

évasion (escape)

s'effondrer, tomber

Dantès était occupé à la placer lorsqu'il entendit tout à coup l'abbé Faria qui l'appelait avec un cri de détresse.

Dantès, courant à l'abbé, le trouva tombé en paralysie. C'était la seconde attaque qu'il avait. La troisième, se dit-il, serait fatale. Il lui était alors impossible de s'évader.

—Je resterai ici, dit l'abbé, jusqu'à ce que sonne l'heure de ma délivrance°, qui ne peut plus être maintenant que l'heure de ma mort. Quant à vous, partez. Sauvez-vous! Vous êtes jeune, adroit et fort, ne vous inquiétez pas de moi.

délivrance, libération

—Eh bien, dit Dantès, moi aussi je resterai.

Faria considéra ce jeune homme si simple, si sincère, si loyal.

—Allons, dit le malade, lui prenant la main. Vous serez peut-être récompensé de ce dévouement si désintéressé; revenez me voir demain matin, j'aurai quelque chose d'important à vous dire.

Questions

1. Qui était le prisonnier numéro 27? Comment s'appelait-il?
2. Qu'est-ce qu'il apprit à Dantès?
3. Pourquoi est-ce que l'abbé Faria regrettait d'avoir aidé Dantès dans ses recherches?
4. Quel était le plan de l'abbé Faria pour sortir de la prison?

XV

Le trésor

Lorsque Dantès rentra le lendemain matin dans la chambre de son compagnon de captivité il avait dans sa main un morceau de papier auquel l'habitude d'être roulé avait donné la forme d'un cylindre.

Il montra sans rien dire le papier à Dantès.

—Qu'est cela? demanda-t-il.

—Regardez bien, dit l'abbé, en souriant.

—Je regarde de tous mes yeux, dit Dantès, et je ne vois rien qu'un papier à demi brûlé°, et sur lequel sont tracés des caractères gothiques avec une encre singulière°.

—Ce papier, mon ami, dit Faria, c'est mon trésor, dont, à compter d'aujourd'hui la moitié vous appartient. Vous savez, dit l'abbé, que j'étais le secrétaire, le familier, l'ami du cardinal Spada, le dernier des princes de ce nom. Les richesses de sa famille étaient proverbiales et on disait: Riche comme un Spada. Lorsqu'il mourut, il me légua° ses papiers de famille et sa bibliothèque composée de cinq mille volumes. Dans l'un des livres, j'ai trouvé ce papier décrivant un immense trésor caché dans l'île de Monte-Cristo. C'est le fameux trésor de la famille Spada. Comme la famille Spada est maintenant complètement éteinte°, je suis le seul héritier° du trésor. La moitié est à vous, et si je meurs, le trésor sera tout à vous.

brûlé, consumé par le feu

singulier, étrange, extraordinaire

léguer, donner par testament

éteint (extinct)
héritier (heir)

Questions

1. Qu'est-ce que l'abbé Faria montra à Dantès?
2. Qu'est-ce que l'abbé Faria offrit à Dantès?
3. Comment est-ce que l'abbé Faria avait obtenu le papier disant où était caché le trésor?

XVI

La mort de l'abbé

La nuit suivante, Edmond se réveilla en sursaut°, croyant s'être entendu appeler.

en sursaut, subitement

—Grand Dieu! murmura Dantès, serait-ce . . .

Il déplaça son lit, tira la pierre qui bouchait° le trou, s'élança dans le corridor et parvint à l'extrémité opposée.

boucher, obstruer

Edmond vit le vieillard pâle, debout encore, se tenant à son lit.

—Eh bien, mon ami! dit Faria résigné, vous comprenez, n'est-ce pas? je n'ai besoin de rien vous dire.

Edmond poussa un cri douloureux, prit le vieillard dans ses bras et le coucha sur son lit.

—Maintenant, ami, dit Faria, seule consolation de ma vie misérable, au moment de me séparer de vous pour jamais, je vous souhaite° tout le bonheur que vous méritez; mon fils, je vous bénis°.

souhaiter, désirer pour quelqu'un d'autre

bénir (bless)

Le jeune homme se jeta à genoux, appuyant sa tête contre le lit du vieillard.

—Mais surtout, continua l'abbé, écoutez bien ce que je vous dis à ce moment: le trésor des Spada existe. Si vous arrivez à sortir de cette prison, courez vite à Monte-Cristo, profitez de votre fortune, vous avez assez souffert.

Une secousse violente interrompit le vieillard.

—Adieu, adieu! murmura-t-il en prenant la main du jeune homme, adieu!

La figure du vieillard devint livide°, les yeux restèrent ouverts, mais le regard était fixe.

livide, bleuâtre

Dantès comprit qu'il était seul avec un cadavre°.

cadavre, corps d'un homme mort

Il était temps de s'enfuir; le geôlier allait venir.

Il retourna dans sa cellule.

Cette fois le geôlier commençait sa visite par

54

Dantès; en sortant de son cachot, il allait passer
dans celui de Faria auquel il portait le déjeuner.

Dantès fut alors pris de curiosité: il voulait
savoir ce qui allait se passer dans le cachot de son
malheureux ami; il rentra dans la galerie souterraine et arriva à temps pour entendre les exclama-
tions du geôlier qui appelait à l'aide.

Le gouverneur entra suivi du médecin et de
plusieurs officiers.

Il se fit un moment de silence; il était évident
que le médecin s'approchait du lit et examinait le
cadavre.

—Vous voyez qu'il est bien mort, dit le médecin; le pauvre fou est guéri de sa folie et délivré
de sa captivité.

—Oui, oui, et il sera décemment enseveli° *ensevelir*, envelopper
dans le sac le plus neuf qu'on pourra trouver. un mort dans un linceul

—Devons-nous accomplir cette dernière formalité devant vous, monsieur? demanda le
geôlier.

—Sans doute, mais qu'on se hâte°; je ne puis *se hâter*, se
rester dans cette chambre toute la journée. dépêcher

De nouvelles allées et venues se firent entendre;
un instant après, un bruit de toile° froissée par- *toile* (cloth)
vint aux oreilles de Dantès. Il les entendit soulever le cadavre et le laisser retomber sur le lit.

—A ce soir, dit le gouverneur.

—A quelle heure? demanda le geôlier.

—Vers onze heures.

Alors ils sortirent. Plus un bruit. La chambre
était vide.

Dantès sortit de la galerie.

Sur le lit, couché dans le sens° de la longueur, *sens*, direction
on voyait un sac de toile grossière, sous les larges
plis° duquel se dessinait confusément une forme *plis* (fold)
longue et raide°. *raide* (stiff)

—Maintenant, se dit Dantès, on va m'oublier
ici, et je mourrai dans mon cachot comme Faria.

Mais à cette pensée Edmond resta immobile,

les yeux fixes, comme un homme qui a une idée
subite° mais que cette idée effraie.   *subit,* soudain

—Oh! oh! murmura-t-il, qui m'envoie cette
pensée? Est-ce vous, mon Dieu? Puisqu'il n'y a
que les morts qui sortent librement d'ici, prenons
la place des morts.

Et sans perdre le temps de revenir sur° cette   *revenir sur,* changer
décision, il ouvrit le sac hideux, retira le cadavre
du sac, et le transporta à son cachot. Là, il le
coucha sur son lit, le couvrit de sa couverture et
le tourna la tête le long du mur afin que le geôlier
en apportant son repas° crût qu'il était couché   *repas,* déjeuner ou
comme c'était souvent son habitude.   dîner

Ensuite il retourna à la chambre de l'abbé et se
mit dans le sac à la place du cadavre.

Questions

1. Quelle est la première chose que dit le médecin en voyant
   l'abbé fou?
2. Quelle idée a eue Dantès?
3. Dans quoi est-ce que Dantès s'est mis?
4. Qu'a-t-il fait du cadavre?

XVII

Le cimetière du château d'If

Les heures passèrent, sans amener aucun mouvement dans le château d'If. Enfin, vers l'heure fixeé par le gouverneur, des pas se firent entendre dans l'escalier. Edmond comprit que le moment était venu: il retint sa respiration.

La porte s'ouvrit. Au travers de la toile qui le couvrait, Dantès vit deux ombres° s'approcher de son lit. Une troisième restait à la porte, tenant à la main une torche. Chacun des deux hommes qui s'étaient approchés du lit saisit le sac par une de ses extrémités.

ombre (shadow)

On transporta le prétendu mort du lit à une civière°. Edmond se raidissait° pour mieux jouer son rôle de mort. On le posa sur la civière et le cortège°, éclairé par l'homme à la torche qui marchait devant, monta l'escalier.

civière (stretcher)
se raidir, devenir raide

cortège, procession

Tout à coup, l'air frais de la nuit le saisit. Ce fut une sensation à la fois délicieuse et nouvelle pour lui.

Les porteurs firent une vingtaine de pas, puis ils s'arrêtèrent et déposèrent la civière par terre.

Un des porteurs se rapprocha d'Edmond et attacha un boulet à ses pieds.

La civière soulevée, reprit son chemin.

On fit encore quatre ou cinq pas et on s'arrêta pour ouvrir une porte, puis on se remit en route.

Le bruit des vagues se brisant sur le rocher sur lequel est bâti le château d'If arrivait aux oreilles de Dantès. On approchait de la mer.

On fit encore quatre ou cinq pas en montant, puis Dantès sentit qu'on le prenait par la tête et par les pieds et qu'on le balançait.

—Une, dirent les soldats.

—Deux.

Dantès se sentit lancé en l'air, puis retomber de très haut. ▶

58

—Trois!

En même temps Dantès se sentit lancé en l'air, puis tomber de très haut. Quoique tiré en bas° par quelque chose de lourd° qui précipitait sa chute, il lui semblait que cette chute durait un siècle. Enfin, avec un bruit épouvantable°, il entra comme une flèche° dans une eau glacée qui lui fit pousser un cri.

en bas (down)
lourd, pesant

épouvantable, effrayant
flèche (arrow)

Dantès avait été lancé dans la mer au fond de laquelle l'entraînait le boulet attaché à ses pieds.

La mer est le cimetière du château d'If.

Questions

1. Qu'attacha-t-on aux pieds de Dantès?
2. Que dirent les soldats au moment où ils jetaient le sac à la mer?
3. Où est le cimetière du château d'If?

XVIII

L'île de Tiboulen

Dantès eut cependant la présence d'esprit de retenir sa respiration. Il ouvrit rapidement le sac, sortit le bras, puis la tête. Il suffoquait. Alors, donnant un coup de pied°, par un effort suprême, il remonta libre à la surface de la mer. Il ne prit que le temps de respirer et replongea une seconde fois.

un coup de pied (kick)

Lorsqu'il reparut pour la seconde fois, il était déjà à cinquante pas du lieu de sa chute. Il vit au-dessus de sa tête un ciel noir. Devant lui s'étendait l'horizon, tandis que derrière lui, plus noir que la mer, plus noir que le ciel, il vit se dresser, comme un fantôme, le rocher noir sur lequel est construit le château d'If. Il vit la torche éclairant deux ombres.

Il lui sembla que ces deux ombres se penchaient° sur la mer avec inquiétude: les soldats avaient dû entendre le cri qu'il avait jeté en traversant l'espace. Dantès plongea donc de nouveau, et fit un trajet° assez long sous l'eau avant de remonter à la surface.

se pencher, s'incliner

trajet, distance parcourue

Il fallait s'orienter: de toutes les îles qui entourent le château d'If, les îles de Tiboulen et de Lemaire sont les plus près.

Mais comment trouver ces deux îles au milieu de cette nuit noire!

En ce moment, il vit briller comme une étoile le phare° de Planier. En se dirigeant sur ce phare, il laissait l'île de Tiboulen un peu à gauche. En s'orientant ainsi, il devait donc rencontrer cette île sur son chemin.

phare, tour avec une lumière puissante pour guider les navires

—Voyons, se disait-il, voilà bientôt une heure que je nage; à moins de m'être trompé, je ne dois pas être loin de Tiboulen maintenant.

Et il se remit à nager avec la force et l'impulsion du désespoir.

Tout à coup il lui sembla que le ciel déjà noir, déjà si obscur, s'abaissait° sur lui; en même temps, *s'abaisser*, descendre il sentit une violente douleur au genou. Dantès allongea la main et sentit une résistance; il retira son autre jambe à lui et toucha la terre; il vit alors quel était l'objet qu'il avait pris pour un nuage.

A vingt pas de lui s'élevait une masse de rochers: c'était l'île de Tiboulen.

Questions

1. Que vit Dantès lorsqu'il remonta à la surface pour la seconde fois?
2. Est-ce que les soldats ont entendu le cri qu'a poussé Dantès au moment où on le jetait à l'eau?

XIX

Les contrebandiers

A peine avait-il touché terre que ses forces
l'abandonnèrent. Il se coucha par terre et s'en-
dormit.

Lorsqu'il se réveilla, il vit un navire qui
passait tout près de l'île. Sans hésiter, Dantès se
remit à nager vers le bateau. Toutefois, il avait
compté sur des forces presque absentes et il était
à bout de forces° lorsqu'on le vit du navire. Un
bateau ramé° par deux hommes vint à sa rencontre. Il était temps: Dantès était à bout de
forces.

Il entendit une voix qui lui criait: "Courage!"

Il lui sembla qu'on le saisissait par les cheveux.

Un instant après, il était sur le pont de la
Jeune-Amélie.

C'était un navire de contrebandiers°.

—Qui êtes-vous? demanda en mauvais français le patron°.

—Je suis, répondit Dantès en mauvais italien,
un matelot maltais°; notre navire s'est brisé sur
ces roches que vous voyez là-bas. Vous m'avez
sauvé la vie.

—Oui, mais maintenant, qu'allons-nous faire
de vous? demanda le patron.

—Hélas! répondit Dantès, ce que vous voudrez. Heureusement, je suis assez bon matelot;
laissez-moi dans le premier port où vous irez et je
trouverai toujours de l'emploi sur un navire
quelconque.

—Vous connaissez Marseille?

—Je navigue depuis mon enfance; il y a peu de
ports que je ne connaisse pas.

—Eh bien? dites-donc°, patron, demanda le
matelot qui avait crié courage à Dantès, si le

à bout de forces,
  exténué de fatigue
ramer (row)

contrebandier
  (smuggler)

patron, chef, celui qui
  commande

maltais, de l'île de
  Malte

Dites-donc! (Say!)

62

camarade dit vrai, qu'est-ce qui empêche qu'il
ne reste avec nous?

—Oui, s'il dit vrai, dit le patron. Prenez donc
le gouvernail°, et que nous jugions de votre
science.

gouvernail, roue avec laquelle on gouverne un navire

Le patron vit de suite que Dantès était un
excellent marin.

—C'est bien, c'est bien, dit le patron, nous
pourrons nous arranger si vous êtes raisonable.
Je vous paierai ce que je paie les autres matelots.

—Ce n'est pas assez, dit le matelot qui avait
tiré Dantès de la mer, car il en sait plus long° que
les autres.

il en sait plus long que les autres, il est plus instruit que les autres marins

—En quoi diable cela te regarde-t-il, Jacopo?
dit le patron; chacun est libre de s'engager° pour
la somme qui lui convient.

s'engager, contracter un engagement

—C'est juste°, dit Jacopo, une simple observation que je faisais.

juste, conforme à la justice

—Eh bien! tu feras mieux de prêter° à ce brave
garçon, qui est tout nu°, une veste, si toutefois
tu en as une de rechange°.

prêter, donner pour un temps
nu, sans vêtement
rechange, remplacement

—Non, dit Jacopo, mais j'ai une chemise et un
pantalon.

—C'est tout ce qu'il me faut, dit Dantès; merci,
mon ami.

Tout à coup, on entendit le bruit d'une explosion venant du côté du château d'If.

—Tiens, demanda le patron, que veut dire
cela?

—Il se sera sauvé quelque prisonnier cette
nuit, dit Dantès, et l'on tire le canon d'alarme.

Le patron jeta un coup d'œil sur le jeune
homme et eut un moment de soupçon°.

soupçon, opinion qui fait suspecter

—Si c'est lui, murmura le patron en le regar-
dant, tant mieux; car j'ai fait là l'acquisition d'un
fier° homme.

fier, ici, intrépide

Sous le prétexte qu'il était fatigué, Dantès
demanda alors à s'asseoir près du gouvernail.

—Quel jour sommes-nous? demanda Dantès à

Jacopo qui était venu s'asseoir auprès de lui.

—Le 28 février, répondit celui-ci.

—De quelle année? demanda encore Dantès.

—Comment, de quelle année! Vous demandez de quelle année? Vous avez oublié l'année?

—Que voulez-vous! j'ai eu une si grande peur cette nuit que j'ai failli en perdre l'esprit; si bien que ma mémoire en est demeurée toute troublée: je vous demande donc, le 28 février de quelle année sommes-nous?

—De l'année 1839, dit Jacopo.

Il y avait quatorze ans, jour pour jour, que Dantès avait été arrêté.

Il était entré à dix-neuf ans au château d'If, il en sortait à trente-trois ans.

Questions

1. Que vit Dantès lorsqu'il se réveilla?
2. Que dit Dantès lorsqu'on lui demanda qui il était?
3. Qu'est-ce que le patron lui a dit de faire pour voir s'il savait vraiment naviguer?
4. Qui était Jacopo?
5. Quel était ce bruit d'explosion venant du côté du château d'If que l'on entendit?
6. Combien d'années est-ce que Dantès a passées en prison?
7. Quel genre de navire était la *Jeune-Amélie*?

XX

L'île de Monte-Cristo

Dantès avait passé deux mois et demi sur la *Jeune-Amélie*. Il était devenu ami avec tous les contrebandiers de la côte et avait appris les signes mystérieux à l'aide desquels ces demi-pirates se reconnaissaient entre eux.

Il avait passé et repassé vingt fois devant son île de Monte-Cristo; mais dans tout cela, il n'avait pas une seule fois trouvé l'occasion d'y débarquer°.

Un jour, toutefois, le patron de la *Jeune-Amélie* proposa comme lieu de débarquement l'île de Monte-Cristo, laquelle était complètement déserte et n'ayant ni soldats ni douaniers°, semblait être un bon endroit pour les contrebandiers. La *Jeune-Amélie* était chargée de tapis° turcs, d'étoffes du Levant° et de cachemires; il fallait trouver un terrain neutre où l'échange put se faire, puis jeter ces objets sur les côtes de France.

La *Jeune-Amélie* atterit° donc à l'île de Monte-Cristo.

Aussitôt, en prenant son fusil, Dantès manifesta le désir d'aller tuer quelqu'une de ces nombreuses chèvres° sauvages que l'on voyait sauter de rocher en rocher. On attribua cette excursion de Dantès à l'amour de la chasse. Il n'y eut que Jacopo qui insista pour le suivre.

En peu de temps, Dantès tua un chevreau° que Jacopo rapporta à ses compagnons.

Dantès avait atteint le haut d'une montagne et ses compagnons le suivaient des yeux, admirant l'agilité avec laquelle il sautait d'un rocher à l'autre, lorsqu'ils le virent glisser du haut d'un rocher, et tomber.

débarquer, quitter un navire pour aller à terre

douanier (custom-house officer)

tapis (rug)
Levant (Middle-East)

atterir, prendre terre

chèvre (goat)

chevreau, petit de la chèvre

Tous bondirent° d'un même élan°, car tous aimaient Edmond. Cependant, ce fut Jacopo qui arriva le premier.

bondir, sauter
élan, mouvement pour s'élancer

Il trouva Edmond étendu°, sanglant° et presque sans connaissance.

étendu, couché tout le long
sanglant, couvert de sang

On lui introduisit dans la bouche quelques gouttes° de rhum; ce remède produisit l'effet attendu: Edmond rouvrit les yeux. Il se plaignit d'une grande douleur au genou. On voulut le transporter jusqu'au rivage; mais lorsqu'on le toucha, il déclara en gémissant° qu'il ne se sentait point la force de supporter le transport. Il prétendit qu'il n'avait besoin que d'un peu de repos, et qu'à leur retour, ils le trouveraient guéri°.

goutte, très petite quantité d'un liquide

gémissant (moaning)

quérir, recouvrir la santé

—Mais tu mourras de faim, dit le patron.

—J'aime mieux cela, répondit Edmond, que de souffrir les douleurs qu'un seul mouvement me fait endurer. Laissez-moi une petite provision de biscuits, un fusil et des munitions pour tuer des chevreaux, et une pioche°.

pioche (pickaxe)

Les contrebandiers laissèrent à Edmond ce qu'il demandait et s'éloignèrent, non sans se retourner plusieurs fois.

—C'est étrange, murmura Dantès en riant, que ce soit parmi de pareils hommes que l'on trouve des preuves d'amitié et des actes de dévouement.

Dantès se traîna° jusqu'au haut d'un rocher d'où il regarda la *Jeune-Amélie* lever l'ancre et s'éloigner.

se traîner, marcher avec difficulté

Alors, Dantès se releva plus souple et plus léger qu'un des chevreaux qui bondissaient sur les rochers.

—Eh maintenant, s'écria-t-il, en se rappelant cette histoire du pêcheur arabe que lui avait racontée Faria, maintenant, Sésame, ouvre-toi!

Dantès n'eut pas de mal° à découvrir la grotte° décrite dans le testament. Il y entra, descendit

pas de mal, pas de difficulté
grotte (caverne)

quelques marches. Après quelques secondes de séjour dans cette grotte, habitué comme il l'était aux ténèbres°, il put distinguer les choses.

grotte, cave naturelle

ténèbres, ombres

Dantès se rappela les termes du testament qu'il savait par cœur: "Dans l'angle le plus éloigné est la seconde ouverture", disait ce testament.

Dantès avait pénétré seulement dans la première grotte, il fallait maintenant chercher l'entrée de la seconde.

Il alla frapper à l'un des murs qui lui parut être celui où devait être cette ouverture, masquée sans doute pour plus grande précaution.

La pioche résonna° pendant un instant. Enfin il sembla au mineur persévérant qu'une portion de la muraille répondait par un son plus profond à ses coups de pioche; c'est qu'il devait y avoir là une ouverture.

résonner, renvoyer le son

Il frappa de nouveau et avec plus de force.

Après quelques coups il s'aperçut que les pierres étaient simplement posées les unes sur les autres. Dès lors, Dantès n'eût qu'à tirer chaque pierre à lui avec sa pioche. L'ouverture faite, Dantès passa de cette première grotte à la seconde.

A gauche de l'ouverture était un angle profond et sombre. Le trésor, s'il existait, était enterré là.

Comme pris d'une résolution subite, il attaqua le sol° hardiment. Au cinquième ou sixième coup de pioche, le fer résonna sur du fer.

sol, terrain

—C'est un coffre° de bois cerclé de fer, se dit-il. Dantès se remit à creuser°. Maintenant il pouvait voir le coffre. Les armes° de la famille Spada étaient sur le couvercle.

coffre (chest)

creuser (to dig)

armes (coat of arms)

Dès lors°, il n'y avait plus de doute, le trésor était bien là.

Dès lors, à partir de ce moment

Dantès essaya de soulever° le coffre: c'était chose impossible.

soulever, lever un peu

Dantès essaya de l'ouvrir: le coffre était fermé à clé.

Le trésor était bien là. ▶

Il introduisit la pointe de sa pioche entre le couvercle et le coffre, pesa° sur le manche de la pioche, et le couvercle céda.

peser, appuyer fortement

Le coffre avait trois compartiments.

Dans le premier était des pièces d'or.

Dans le second, des lingots d'or.

Et dans le troisième enfin, Edmond remua à poignée les diamants, les perles, et les rubis qui faisaient, en retombant les uns sur les autres, le bruit de la grêle° sur les fenêtres.

grêle (hail)

Il se mit à compter sa fortune; il y avait mille lingots d'or, vingt-cinq mille pièces d'or, et environ dix fois la capacité de ses deux mains en perles et en diamants.

Dantès remplit ses poches de pierreries° de différentes grosseurs, referma le coffre, le recouvrit de terre et sortit de la grotte.

pierreries, pierres fines

Mais à quoi bon passer son temps à regarder cet or et ces diamants! se dit-il. Maintenant il fallait retourner dans la vie, parmi les hommes, et prendre dans la société le rang, l'influence et le pouvoir que donne en ce monde la richesse.

Pour le moment, il ne lui restait qu'à attendre que le navire des contrebandiers revienne le chercher.

Questions

1. Combien de temps est-ce que Dantès a passé sur la *Jeune-Amélie* avec les contrebandiers?
2. Y a-t-il beaucoup de soldats et des douaniers sur l'île de Monte-Cristo?
3. Quel animal a tué Dantès lorsqu'il est allé chasser?
4. Après son accident, qu'est-ce qu'on a donné à Dantès comme remède?
5. Qu'est-ce que Dantès a demandé à ses camarades de lui laisser avant de partir?

6. Est-ce que Dantès a eu beaucoup de mal à découvrir la grotte qu'il cherchait?
7. Dans quoi était enfermé le trésor?
8. Est-ce que Dantès a pu ouvrir le coffre?
9. Qu'est-ce qu'il vit sur le couvercle?
10. Qu'est-ce qui était dans les trois compartiments du coffre?

XXI

L'inconnu

Les contrebandiers revinrent le sixième jour. Dantès reconnut de loin la *Jeune-Amélie*.

Une fois à terre, ses compagnons lui demandèrent comment il se sentait; il leur dit qu'il allait beaucoup mieux et était complètement remis de son accident.

Comme la *Jeune-Amélie* n'était venue à Monte-Cristo que pour le chercher, il se rembarqua° le soir même.

embarquer, monter dans un navire

La *Jeune-Amélie* allait maintenant à Livourne°.

Livourne, port d'Italie (Livorno)

A Livourne, Dantès alla chez un bijoutier et vendit cinq mille francs, chacun, quatre de ses plus petits diamants.

Le lendemain il acheta une barque toute neuve qu'il donna à Jacopo en ajoutant à ce don° mille francs afin qu'il pût engager un équipage°; et cela à la condition que Jacopo irait à Marseille demander des nouvelles d'un vieillard nommé Louis Dantès, et d'une jeune fille, qui demeurait au village des Catalans, qui s'appelait Mercédès.

don, présent

équipage, ensemble des hommes assurant le service d'un navire

Jacopo crut qu'il faisait un rêve. Edmond lui raconta qu'en arrivant à Livourne, il avait touché la succession d'un oncle qui l'avait fait son seul héritier.

héritier (heir)

D'un autre côté, comme l'engagement de Dantès à bord de la *Jeune-Amélie* était expiré, il dit au revoir au patron qui essaya d'abord de le retenir, mais qui, ayant appris de Jacopo l'histoire de l'héritage, renonça dès lors à vaincre la résolution de son ancien matelot.

Le lendemain Jacopo mit la voile° pour Marseille: il devait retrouver Dantès à Monte-Cristo.

mit la voile (set sail)

Le même jour, Dantès alla à Gênes°.

Gênes (Genoa)

Au moment où il arrivait, on essayait un petit

yacht commandé par un Anglais qui, ayant entendu dire que les Génois étaient les meilleurs
constructeurs de la Méditerranée, avait voulu
avoir un yacht construit à Gênes; l'Anglais avait
fait un prix de quarante mille francs. L'Anglais
était allé en Suisse en attendant que son yacht
soit achevé. Il ne devait revenir que dans un mois.
Dantès en offrit soixante mille francs, à la condition que le navire lui soit livré le jour même.

Le constructeur accepta, pensant qu'il aurait
le temps de construire un autre yacht pour
l'Anglais avant qu'il revienne.

Le constructeur offrit ses services à Dantès
pour lui trouver un équipage; mais Dantès le
remercia disant qu'il avait l'habitude de naviguer
seul, et que la seule chose qu'il désirait était
qu'on construise dans la cabine, à la tête du lit,
une armoire à secret° dans laquelle seraient trois   *armoire à secret*
compartiments à secret aussi. Il donna les   (secret cabinet)
mesures de ces compartiments, qui furent
exécutés le lendemain.

Deux heures après, Dantès sortait du port de
Gênes.

Une foule° de curieux suivait le yacht des   *foule,* multitude de
yeux, voulant voir le seigneur° espagnol qui avait   personnes
l'habitude de naviguer seul, et se demandant où   *seigneur,* aristocrate
il allait.

C'était à Monte-Cristo qu'il allait.

Il arriva vers la fin du second jour. L'île était
déserte; personne ne paraissait y avoir été depuis
que Dantès en était parti; il alla à son trésor;
tout était dans le même état qu'il l'avait laissé.

Le lendemain son immense fortune était
transportée à bord du yacht et enfermée dans les
trois compartiments de l'armoire à secret.

Le huitième jour Dantès vit un petit navire
qui venait vers l'île et reconnut la barque de
Jacopo: il fit un signal auquel Jacopo répondit,

72

et deux heures après la barque de Jacopo était près du yacht.

Jacopo avait une triste réponse à chacune des demandes faites par Edmond:

Le vieux Dantès était mort.

Mércedès avait disparu.

Edmond écouta ces deux nouvelles d'un visage calme. Il prévoyait la mort de son père; mais Mercédès, qu'était-elle devenue?

Dantès décida de retourner en France. Son miroir lui avait appris qu'il ne courait pas le danger d'être reconnu.

Deux hommes de la barque de Jacopo passèrent sur son yacht pour l'aider à la manœuvre°, et il donna l'ordre de mettre le cap° sur Marseille.

Un matin donc, le yacht, suivi de la petite barque, entra bravement dans le port de Marseille et s'arrêta juste en face de l'endroit où, ce soir de fatale mémoire, on l'avait embarqué pour le château d'If.

Ce ne fut pas sans un certain frémissement que Dantès vit venir à lui un gendarme. Mais Dantès, avec cette assurance parfaite qu'il avait acquise, lui présenta un passeport anglais qu'il avait acheté à Livourne, et moyennant° ce laissez-passer° étranger, il descendit sans difficulté à terre.

La première chose qu'aperçut Dantès en venant à terre fut un des matelots du *Pharaon*. Cet homme avait servi sous ses ordres. Dantès alla droit° à cet homme et lui fit plusieurs questions auxquelles celui-ci répondit sans même laisser soupçonner, ni par ses paroles, ni par sa physionomie°, qu'il se rappelât avoir jamais vu celui qui lui adressait la parole.

Dantès donna au matelot une pièce de monnaie pour le remercier de ses renseignements; un instant après, il entendit le brave homme qui courait après lui. Dantès se retourna.

—Pardon, monsieur, dit le matelot, mais vous

manoeuvre, art de gouverner un vaisseau
mettre le cap sur, se diriger vers

moyennant, au moyen de
laissez-passer, permis de circuler

droit, directement

physionomie, visage

vous êtes trompé sans doute; vous avez cru me donner une pièce d'un franc, et vous m'avez donné un louis°.

louis, pièce d'or de 20 francs

—En effet°, mon ami, dit Dantès; je m'étais trompé; mais comme votre honnêteté mérite une récompense, en voici un second que je vous prie d'accepter pour boire à ma santé avec vos camarades.

en effet, c'est vrai

Le matelot regarda Edmond avec tant d'étonnement qu'il ne pensa même pas à le remercier.

Dantès alla à l'ancien appartement de son père. Les personnes qui habitaient ce petit logement étaient un jeune homme et une jeune femme qui venaient de se marier depuis huit jours° seulement. Rien ne rappelait plus à Dantès l'appartement de son père: ce n'était plus le même papier; tous les vieux meubles avaient disparu.

huit jours, une semaine

En passant à l'étage au-dessous, Edmond s'arrêta devant une autre porte et demanda si c'était toujours le tailleur Caderousse qui demeurait là. On lui répondit que l'homme dont il parlait avait fait de mauvaises affaires et tenait maintenant une petite auberge° sur la route de Bellegarde, près du pont du Gard°.

auberge, petit hôtel où l'on sert à boire et à manger
pont du Gard, aqueduc romain près de Nîmes

Dantès demanda l'adresse du propriétaire de la maison au concierge°; il se rendit chez lui, se fit annoncer sous le nom de lord Wilmore (c'était le nom et le titre qui étaient portés sur son passeport) et lui acheta cette petite maison pour la somme de vingt-cinq mille francs. C'était dix mille francs au moins de plus qu'elle ne valait°.

concierge, gardien d'une maison

valoir, avoir un certain prix

Le jour même, les jeunes gens du cinquième étage furent prévenus que le nouveau propriétaire de leur maison leur donnait le choix d'un appartement dans toute la maison, sans augmenter en aucune façon leur loyer°, à condition qu'ils lui cèdent les deux chambres qu'ils occupaient.

loyer, prix d'un logement

74

Questions

1. Au bout de combien de jours est-ce que les contrebandiers sont revenus chercher Dantès à l'île de Monte-Cristo?
2. Où est-ce que la *Jeune-Amélie* allait maintenant?
3. Quelle est la première chose que fit Dantès en arrivant à Livourne?
4. Qu'est-ce qu'il acheta à Livourne?
5. Qu'est-ce que Dantès a demandé à Jacopo de faire pour lui?
6. Où est allé Dantès ensuite?
7. Qu'est-ce qu'il a acheté à Gênes?
8. Pourquoi a-t-il demandé que l'on construise une armoire à secret dans sa cabine?
9. Où voulait-il aller avec son yacht?
10. Quelles nouvelles est-ce que Jacopo a apportées à Dantès?
11. Quelle est la première personne que Dantès rencontra à Marseille?
12. Qui acheta la maison où avait habité le père de Dantès?

XXII

L'auberge du Pont du Gard

Un beau matin, on vit un prêtre arriver à cheval à l'auberge du Pont du Gard. Il frappa trois fois à la porte et aussitôt un grand chien noir se leva et fit quelques pas en aboyant° et en montrant ses grandes dents blanches.

—Me voilà! cria l'hôte du haut de l'escalier, me voilà! Veux-tu te taire, Margotin! N'ayez pas peur, monsieur, il aboie mais il ne mord° pas. Vous désirez du vin, n'est-ce pas? . . . Ah! pardon, dit l'hôte en descendant l'escalier et en voyant à quelle sorte de voyageur il avait affaire, pardon, monsieur l'abbé, je ne savais pas qui j'avais l'honneur de recevoir. Que désirez-vous, que demandez-vous, monsieur l'abbé, je suis à vos ordres.

Le prêtre regarda cet homme pendant deux ou trois secondes avec une attention étrange.

—N'êtes-vous pas Monsieur Caderousse?

—Oui, monsieur, dit l'hôte. Gaspard Caderousse, pour vous servir. Voulez-vous vous rafraîchir, monsieur l'abbé?

—Oui, je veux bien; donnez-moi une bouteille de votre meilleur vin.

—Comme il vous fera plaisir, dit Caderousse.

Lorsqu'au bout de cinq minutes Caderousse reparut avec une bouteille de vin, il trouva l'abbé assis sur une chaise, le coude appuyé à une table, tandis que Margotin qui paraissait avoir fait la paix avec lui, posait sa tête sur ses genoux.

—Vous êtes seul? demanda l'abbé à son hôte tandis que celui-ci posait devant lui la bouteille et un verre.

—Oh! mon Dieu, oui! seul ou à peu près, monsieur l'abbé, car j'ai ma femme qui ne peut

aboyer, crier, en parlant du chien

mordre (to bite)

76

aider en rien, car elle est toujours malade, la pauvre.

—Vous exerciez la profession de tailleur, n'est-ce pas?

—Oui, autrefois.

—Avez-vous connu en 1814 ou 1815 un marin qui s'appelait Dantès?

—Dantès!... Si je l'ai connu, ce pauvre Edmond! je le crois bien! c'était un de mes meilleurs amis.

—Qu'est-il devenu, ce pauvre Edmond?

—Il est mort prisonnier. Pauvre petit! murmura Caderousse.

En disant ces mots, Caderousse pâlit.

—Pauvre petit! murmura Caderousse, je l'aimais bien, quoique j'aie à me reprocher d'avoir un instant envié son bonheur. Et vous l'avez connu, le pauvre petit? continua Caderousse.

—J'ai été appelé à son lit de mort pour lui offrir les derniers sacrements de la religion, répondit l'abbé.

—Et de quoi est-il mort? demanda Caderousse.

—Et de quoi meurt-on en prison quand on y meurt à trente ans, si ce n'est de la prison elle-même?

Caderousse essuyait° la sueur° qui tombait sur son front. *essuyer* (to wipe off) *sueur* (perspiration)

—Ce qu'il y a d'étrange dans tout cela, reprit l'abbé, c'est que Dantès, à son lit de mort, m'a toujours juré qu'il ignorait la véritable cause de sa captivité.

—C'est vrai, c'est vrai, murmura Caderousse, il ne pouvait pas la savoir; non, monsieur l'abbé, il ne mentait° pas, le pauvre petit. *mentir*, dire des mensonges

—C'est ce qui fait qu'il m'a chargé d'éclaircir° son malheur qu'il n'avait jamais pu éclaircir lui-même et de réhabiliter sa mémoire. *éclaircir*, rendre clair

Et le regard de l'abbé, devenant de plus en plus fixe, étudia l'expression presque sombre qui apparut sur le visage de Caderousse.

—Un riche Anglais, continua l'abbé, son compagnon d'infortune, était possesseur d'un diamant d'une grande valeur. En sortant de prison, il laissa ce diamant à Dantès qui, dans une maladie qu'il avait faite, l'avait soigné comme un frère. Dantès, au lieu de s'en servir pour séduire ses geôliers, le conserva précieusement pour le cas où il sortirait de prison; car s'il sortait de prison, sa fortune était faite.

—C'est donc un diamant de grande valeur? dit Caderousse.

—Ce diamant je l'ai sur moi, dit l'abbé en le tirant de sa poche. Il vaut cinquante mille francs.

—Cinquante mille francs! s'exclama Caderousse. Mais comment vous trouvez-vous en possession de ce diamant? Edmond vous a donc fait son héritier?

—Non, mais son exécuteur testamentaire. Dantès m'a dit qu'il avait trois bons amis et une fiancée; l'un de ces bons amis s'appelait Caderousse, m'a-t-il dit.

Caderousse frémit.

—L'autre, continua l'abbé sans paraître s'apercevoir de l'émotion de Caderousse, l'autre s'appelait Danglars; le troisième, bien que mon rival, il m'aimait aussi, il s'appelait Fernand. Quand à ma fiancée, son nom était Mercédès. Dantès me dit: vous vendrez ce diamant, vous ferez cinq parts, et vous les partagerez° entre ces bons amis, les seuls qui m'aient aimé sur la terre.

partager, diviser en parts

—Comment cinq parts? dit Caderousse, vous ne m'avez nommé que quatre personnes.

—Parce que la cinquième est morte, à ce qu'on m'a dit . . . La cinquième était le père de Dantès.

—Hélas! oui, dit Caderousse; le pauvre homme, il est mort.

—De quoi mourut-il?

—Ceux qui le connaissaient ont dit qu'il est

mort de douleur . . . et moi qui l'ai presque vu mourir, je dis qu'il est mort de faim.

—De faim! s'écria l'abbé bondissant sur sa chaise. Il avait pourtant beaucoup d'amis qui auraient pu lui venir en aide.

—Oh! reprit Caderousse, ce n'est pas que Mercédès et M. Morrel, l'aient abandonné; mais le pauvre vieillard s'était pris d'une anti- pathie° profonde pour Fernand, celui-là même, *antipathie,* aversion continua Caderousse avec un sourire ironique, que Dantès vous a dit être de ses amis.

Les amis ne sont pas ceux qui trahissent°! *trahir* (to betray)

Sur l'insistance de l'abbé, Caderousse se mit à raconter tout ce qu'il savait:

—Ce fut Danglars, dit-il, qui écrivit la dénon- ciation de la main gauche pour que son écriture ne fût pas reconnue, et Fernand qui l'envoya.

—Mais, s'écria tout à coup l'abbé, vous étiez là, vous! Et vous ne vous êtes pas opposé à cette infamie? alors vous êtes leur complice.

—Monsieur, dit Caderousse, ils m'avaient fait boire tous tant de vin que j'en avais à peu près perdu la raison. Je ne voyais plus qu'à travers un nuage. Ils m'avaient dit tous deux que c'était une plaisanterie qu'ils avaient voulu faire, et que cette plaisanterie n'aurait pas de suite°. *suite,* continuation

—Je comprends, dit l'abbé; vous avez laissé faire, voilà tout.

—Oui, monsieur, répondit Caderousse, et c'est mon remords° de la nuit et du jour. J'en *remords,* reproche de demande bien souvent pardon à Dieu. la conscience

—Bien, monsieur, dit l'abbé, vous avez parlé avec franchise; s'accuser ainsi c'est mériter son pardon. Qu'est devenu Danglars, le plus cou- pable°, n'est-ce pas, l'instigateur? *coupable,* qui a commis un crime

—Ce qu'il est devenu? il a quitté Marseille; il est entré, sur la recommandation de M. Morrel qui ignorait son crime, chez un banquier espa- gnol; à l'époque de la guerre d'Espagne, il s'est chargé d'une part des fournitures° de l'armée française et a fait fortune. Il est devenu millionnaire avec tout l'argent qu'il a volé; on l'a fait baron. Il a maintenant un hôtel à Paris, six chevaux dans son écurie°, six laquais dans son antichambre, et je ne sais combien de millions.

fournitures (supplies)

écurie (stable)

—Et Fernand? demanda l'abbé.

—Il a fait fortune lui aussi. Lorsque Napoléon revint de l'île d'Elbe, il avait besoin de soldats: Fernand fut pris dans l'armée. A la veille° de la bataille de Waterloo, il était de garde à la porte d'un général qui avait des relations secrètes avec l'ennemi. Cette nuit même, le général devait rejoindre les Anglais. Il proposa à Fernand de l'accompagner; Fernand accepta, quitta son poste et suivit le général. Avec la protection du général, qui était en haute faveur après la chute de l'Empire, Fernand fut nommé lieutenant, capitaine, puis colonel. En 1823, il fut envoyé à Madrid où il retrouva Danglars. Chargé des achats° de matériel pour l'armée, il fit fortune. Fernand alla ensuite servir en Grèce qui était à ce moment en guerre contre la Turquie. Quelque temps après on apprit que le comte de Morcef, c'était le nom qu'il portait, était entré au service d'Ali-Pacha avec le grade de général.

veille, jour qui précède

achat, action d'acheter

Ali-Pacha mourut mystérieusement.

Avant de mourir, Ali-Pacha récompensa les services de Fernand en lui laissant une somme considérable avec laquelle Fernand revint en France.

—Et Mercédès? demanda l'abbé.

—Mercédès est à cette heure une des plus grandes dames de Paris, répondit Caderousse.

—Continuez, dit l'abbé.

—Mercédès fut d'abord désespérée lorsque Dantès fut arrêté. Au milieu de son désespoir, une nouvelle douleur vint l'atteindre: ce fut le départ de Fernand dont elle ignorait le crime et

80

qu'elle considérait comme son frère.

Lorsque Fernand revint un an plus tard, Mercédès lui demanda six mois encore pour attendre et pleurer Edmond. Finalement, elle épousa Fernand. Maintenant, la fortune et les honneurs l'ont consolée sans doute. Elle est riche, elle est comtesse, et cependant . . .

—Cependant, quoi? demanda l'abbé.

—Cependant je suis sûr qu'elle n'est pas heureuse, dit Caderousse.

—Et M. de Villefort? demanda l'abbé.

—Oh! lui n'a pas été mon ami; je ne le connaissais pas.

—Mais ne savez-vous point ce qu'il est devenu, et la part qu'il a prise au malheur d'Edmond?

—Je sais seulement qu'il a quitté Marseille. Sans doute que le bonheur lui aura souri comme aux autres, sans doute qu'il est riche comme Danglars, considéré° comme Fernand; moi seul, vous le voyez, suis resté pauvre, misérable et oublié de Dieu.

considéré, respecté

—Vous vous trompez, mon ami, dit l'abbé: Dieu peut paraître oublier parfois quand la justice se repose; mais il vient toujours au moment où il se souvient, et en voici la preuve.

A ces mots l'abbé tira le diamant de sa poche et le présenta à Caderousse.

—Tenez, mon ami, lui dit-il, prenez ce diamant car il est à vous.

—Comment! à moi seul, s'écria Caderousse.

—Ce diamant devait être partagé entre ses amis: Edmond n'avait qu'un seul ami, le partage devient simple. Prenez ce diamant et vendez-le; il vaut cinquante mille francs, je vous le répète, et cette somme, je l'espère, suffira pour vous tirer de la misère.

Sur ces paroles, l'abbé se leva, prit son chapeau et ses gants, et sortit.

Questions

1. Qu'est-ce que Caderousse offrit au prêtre?
2. Pourquoi est-ce que la femme de Caderousse ne peut jamais l'aider?
3. De quoi est mort le père de Dantès?
4. Comment est-ce que l'abbé avait obtenu le diamant qu'il montra à Caderousse?
5. Qu'est devenu Fernand?
6. Qu'est devenu Danglars?
7. Fernand a changé de nom: comment s'appele-t-il maintenant?
8. Qu'est devenue Mercédès?
9. Pouquoi est-ce que l'abbé a décidé de donner le diamant à Caderousse?
10. Qui était cet abbé?

82

XXIII

La maison Morrel

Dantès apprit à Marseille que M. Morrel, qui
avait été si bon pour lui du temps de ses dix-neuf
ans, avait perdu ses bateaux et était près de faire
faillite°.

Le lendemain du jour où s'était passée sur la
route de Bellegarde, à l'Auberge du Pont du
Gard, la scène que nous venons de raconter, un
homme de trente à trente-deux ans, vêtu d'un
habit gris et d'un gilet blanc, ayant à la fois la
tournure° et l'accent britannique, se présenta chez
le maire de Marseille.

—Monsieur, lui dit-il, je suis le représentant
de la maison Thomson et French. Nous sommes
depuis dix ans en relations avec la maison Morrel
et fils. Nous avons une centaine de mille francs à
peu près engagés dans ces relations, et nous ne
sommes pas sans inquiétudes, car on nous dit
que la maison menace ruine ; j'arrive donc exprès°
de Rome pour vous demander des renseignements
sur cette maison.

—Monsieur, répondit le maire, je sais effective-
ment que depuis quatre ou cinq ans le malheur
semble poursuivre M. Morrel ; il a perdu quatre
ou cinq navires et est prêt de faire banqueroute° ;
je suis moi-même son créancier°. J'avais deux
cent mille francs placés dans la maison Morrel :
ces deux cent mille francs étaient la dot° de ma
fille, que je comptais marier dans quinze jours ;
ces deux cent mille francs étaient remboursables,
cent mille le 15 de ce mois-ci, cent mille le 15 du
mois prochain. M. Morrel est venu me voir il y a
à peine une demi-heure pour me dire que si son
navire le *Pharaon* n'était pas rentré d'ici le 15, il
se trouverait dans l'impossibilité de me faire ce

faillite, état du commerçant qui ne peut pas payer ce qu'il doit

tournure, manière

exprès, avec une intention formelle

banqueroute (bankruptcy)
créancier, personne à qui l'on doit de l'argent

dot, argent qu'apporte une femme en mariage

paiement. Cela ressemble à une banqueroute.

L'Anglais parut réfléchir un instant; puis il dit:

—Ainsi, monsieur, cette créance° vous inspire des craintes.

créance, crédit, dette

—C'est-à-dire que je la regarde comme perdue.

—Eh bien! moi je vous l'achète.

Et l'Anglais tira de sa poche une liasse° de billets de banque et remit au maire la somme qu'il craignait de perdre.

liasse, paquet de billets de banque attachés ensemble

—Maintenant faites-moi un simple transport° de votre créance, reconnaissant dans ce transport en avoir reçu le montant°.

transport, transfert

montant, total

Le maire s'assit à son bureau et s'empressa° de faire le transport demandé.

s'empresser, se dépêcher

L'envoyé de la maison Thomson et French se présenta le lendemain chez M. Morrel.

Sur l'escalier, il rencontra une belle jeune fille de seize à dix-sept ans qui regarda l'étranger avec inquiétude.

—M. Morrel est à son cabinet? demanda l'Anglais.

—Oui, du moins je crois, dit la jeune fille en hésitant; qui faut-il annoncer?

—M'annoncer serait inutile, mademoiselle, répondit l'Anglais, M. Morrel ne connaît pas mon nom. Dites-lui que je suis l'envoyé de la maison Thomson et French de Rome, avec lesquels monsieur votre père est en relations.

L'Anglais fut aussitôt introduit dans le bureau de M. Morrel. L'Anglais le regarda un moment. Quatorze ans avaient bien changé le digne armateur. Ses cheveux avaient blanchi.

M. Morrel passa la main sur son front couvert de sueur.

—Ainsi, monsieur, vous venez de la part de la maison Thomson et French?

—Oui, monsieur.

—Et vous avez des traites° signées par moi?

traite, lettre de paiement

—Oui, monsieur, pour une somme assez considérable.

—Monsieur, dit Morrel en pâlissant, jusqu'à présent il y a plus de vingt-quatre ans que j'ai reçu la maison de mon père et, jusqu'à présent, pas un billet signé Morrel et fils n'a été présenté sans être payé.

—Oui, je sais cela, répondit l'Anglais, mais d'homme d'honneur à homme d'honneur, parlez franchement, monsieur, paierez-vous ceux-ci avec la même exactitude?

—Oui, monsieur, je paierai si, comme je l'espère, mon navire arrive à bon port, car son arrivée me rendra le crédit que les accidents successifs dont j'ai été victime m'ont ôté: mais si par malheur le *Pharaon*, cette dernière ressource sur laquelle je compte, me manquait . . .

Les larmes montèrent aux yeux du pauvre armateur.

—Eh bien, demanda son interlocuteur, si cette dernière ressource vous manquait? . . .

—Eh bien! je serai perdu . . .

—Ainsi, dit l'Anglais, vous n'avez plus qu'une espérance?

—Une seule. Ce retard n'est pas naturel! le *Pharaon* est parti de Calcutta le 5 février; depuis plus d'un mois il devrait être ici.

Soudainenement, la porte s'ouvrit et la jeune fille entra précipitamment:

—Oh mon père! dit-elle en joignant les mains, pardonnez à votre enfant d'être la messagère d'une mauvaise nouvelle.

Morrel pâlit affreusement; Julie vint se jeter dans les bras de son père.

—Oh mon père! mon père! dit-elle, du courage!

—Ainsi le *Pharaon* a péri? demanda Morrel.

La jeune fille ne répondit pas, mais elle fit un signe affirmatif avec sa tête appuyée contre la poitrine de son père.

—Voyons, dit l'étranger. Je suis un de vos principaux créanciers, n'est-ce pas?

—Oui.

—Vous désirez un délai pour me payer?

—Un délai pourrait me sauver l'honneur, dit Morrel, et par conséquent la vie.

—Combien demandez-vous?

Morrel hésita.

—Deux mois, dit-il.

—Bien, dit l'étranger, je vous en donne trois.

Questions

1. Combien est-ce que M. Morrel devait au maire de Marseille?
2. Qu'est-ce que le maire comptait faire avec cet argent?
3. Qui était cet envoyé de la maison Thomson et French?
4. Est-ce que M. Morrel le connaissait?
5. Est-ce que M. Morrel était un homme d'honneur?
6. Qui était cette jeune fille que l'envoyé de la maison Thomson et French rencontra sur l'escalier?
7. Pourquoi M. Morrel était-il si inquiet?
8. L'agent de la maison Thomson et French accorda un délai à M. Morrel pour payer sa dette; de combien de temps était ce délai?

XXIV

Le cinq septembre

Ce délai accordé par l'envoyé de la maison Thomson et French, au moment où Morrel s'y attendait le moins, lui redonna un peu de courage. Maintenant il avait jusqu'au 5 septembre.

Ce jour-là, en sortant de la maison de son père, Julie trouva à la porte un homme tenant une lettre à la main.

—N'êtes-vous pas mademoiselle Julie Morrel? dit cet homme avec un accent italien des plus prononcés.

—Oui, monsieur.

—Lisez cette lettre, dit l'homme en lui tendant un billet°.

billet, petite lettre

Julie hésitait.

—Il y va° du salut de votre père, dit le messager.

il y va, il s'agit

La jeune fille lui prit la lettre des mains. Puis l'ouvrit vivement et lut:

"Rendez-vous à l'instant même rue Meilhan; entrez dans la maison N° 15; demandez au concierge la clé de la chambre du cinquième entrez dans cette chambre, prenez sur le coin de la cheminée une bourse° en soie rouge et apportez cette bourse à votre père.

bourse, petit sac à argent

"Il est important qu'il l'ait avant onze heures.

"Obéissez-moi.

"Simbab le Marin."

La jeune fille leva les yeux, chercha pour l'interroger l'homme qui lui avait remis le billet, mais il avait disparu.

Julie savait que c'était le 5 septembre, jour où son père avait près de trois cent mille francs à rembourser.

Pendant ce temps, Morrel était seul dans son

—*Mon père! s'écria la jeune fille hors d'haleine et presque mourante de joie, sauvé! vous êtes sauvé!* ▶

bureau. Il faisait son testament. Ses yeux se
portèrent sur la pendule°: il lui restait sept
minutes, voilà tout. L'aiguille° marchait avec une
rapidité incroyable, il lui semblait. Deux pistolets
tout chargés étaient posés sur son bureau. Il
allongea la main, en prit un, et murmura le nom
de sa fille. Puis il posa l'arme mortelle, prit la
plume et écrivit quelques mots. Il lui semblait
alors qu'il n'avait pas assez dit adieu à son enfant
chérie. Puis il se retourna vers la pendule; il ne
comptait plus par minute mais par seconde. Il
reprit l'arme, la bouche entrouverte et les yeux
fixés sur l'aiguille.

pendule, horloge d'appartement
aiguille (clock hand)

La pendule allait sonner onze heures.

Tout à coup il entendit un cri: c'était la voix
de sa fille.

Il se retourna et aperçut Julie.

—Mon père! s'écria la jeune fille hors d'haleine°
et presque mourante de joie, sauvé! vous êtes
sauvé!

hors d'haleine (out of breath)

Et elle se jeta dans ses bras en lui montrant la
bourse rouge qu'elle avait rapportée.

—Sauvé, mon enfant! dit Morrel, que veux-tu
dire?

—Oui, sauvé, voyez! voyez! dit la jeune fille.

Morrel prit la bourse et tressaillit. Elle contenait la traite acquittée° de deux cent mille francs,
et un diamant énorme, avec ces trois mots écrits
sur un petit morceau de parchemin:

acquitté, payé

"Dot de Julie."

Morrel passa sa main sur son front: il croyait
rêver.

En ce moment la pendule sonna onze heures.

Questions

1. Qui était cet homme que Julie trouva à la porte de sa maison
qui lui remit une lettre?

2. Comment était signée la lettre?
3. Qu'est-ce que la lettre disait à Julie de faire?
4. Qu'est-ce que contenait la bourse rouge?
5. Qu'est-ce que M. Morrel avait l'intention de faire à onze heures exactement?

XXV

Rencontre

—Et maintenant, dit Dantès, adieu bonté, humanité, reconnaissance . . . Adieu à tous les sentiments qui réjouissent° le cœur! . . . Je me suis substitué à la Providence pour récompenser les bons. Que le Dieu vengeur me cède sa place pour punir les méchants!

réjouir, mettre en joie

Les années s'écoulèrent°. Dantès voyagea dans tous les pays du monde. Il acheta l'île où il avait trouvé le trésor et prit le titre de comte de Monte-Cristo.

s'écouler, ici, passer

Il apprit que M. de Villefort avait poursuivi sa carrière politique sans le moindre scrupule, trahissant ses amis lorsque c'était à son avantage de le faire, prétendant être royaliste quand c'était le roi qui était au pouvoir, et bonapartiste quand c'était l'empereur. Finalement, il était devenu fou.

A Paris, Dantès avait fait la connaissance d'Albert de Morcef, le fils de Mercédès et de Fernand.

Albert voulait que son ami, le comte de Monte-Cristo, voie l'hôtel splendide que son père avait fait construire à Paris. Il l'invita donc à le visiter.

Albert le conduisit d'abord à la salle à manger au rez-de-chausée. Monte-Cristo était un digne appréciateur de toutes les choses que le comte de Morcef avait colectionnées: vieux meubles, porcelaines du Japon, étoffes d'Orient, armes de tous les pays du monde.

Albert conduisit ensuite son hôte au salon. Dans cette pièce il y avait des tableaux de grande valeur: des paysages° de Dupré, des aquarelles° de Delacroix, des toiles° de Delacroix, etc.

paysage (landscape)

aquarelle, peinture à l'eau

toile, peinture, tableau

Albert s'attendait à montrer cette fois du moins quelque chose de nouveau au comte de Monte-Cristo; mais, à son grand étonnement, celui-ci, sans avoir besoin de chercher les signatures, dont quelques-unes d'ailleurs n'étaient présentes que par des initiales, appliqua à l'instant même le nom de chaque auteur à son œuvre, de façon qu'il était facile de voir que non seulement chacun de ces noms lui était connu, mais encore que chacun de ces artistes avait été apprécié et étudié par lui.

Du salon on passa dans la chambre à coucher. C'était à la fois un modèle d'élégance et de bon goût. Là, un seul portrait, mais signé Léopold Robert, resplendissait dans son cadre°.

cadre (frame)

Ce portrait attira tout d'abord les regards du comte de Monte-Cristo, car il fit trois pas rapides et s'arrêta tout à coup devant lui.

C'était celui d'une jeune femme de vingt-cinq ans, au regard de feu.

Il fut un moment de silence, pendant lequel Monte-Cristo demeura l'œil fixé sur cette peinture.

—Voici une bien jolie femme, vicomte, dit Monte-Cristo d'une voix parfaitement calme.

—Vous ne connaissez pas ma mère, monsieur; c'est elle que vous voyez là.

Monte-Cristo était occupé à regarder ce portrait lorsqu'une porte s'ouvrit, et il se trouva en face du comte de Morcef lui-même.

—Mon père, dit le jeune homme, j'ai l'honneur de vous présenter M. le comte de Monte-Cristo.

—Monsieur est le bienvenu parmi nous, dit le comte de Morcef en saluant Monte-Cristo.

—Ah! voici ma mère, s'écria le vicomte.

En effet, Monte-Cristo en se retournant, vit Madame de Morcef à l'entrée du salon: immobile et pâle, elle laissa tomber son bras qui s'était appuyé sur le dos doré d'une chaise; elle était là

92

depuis quelques secondes. Elle était d'une pâleur inquiétante.

—Eh! mon Dieu! Madame, demanda le comte, qu'avez-vous donc? serait-ce par hasard la chaleur de ce salon qui vous incommode°?

—Souffrez-vous, ma mère? s'écria le vicomte en s'élançant au-devant de Mercédès.

—Non, dit-elle; mais j'ai éprouvé° quelque émotion en voyant pour la première fois le comte de Monte-Cristo, dont mon fils m'a beaucoup parlé.

Le comte s'inclina profondément; il était plus pâle encore que Mercédès.

—Madame, dit Monte-Cristo, j'espère que vous m'excuserez, mais je vais maintenant être obligé de vous quitter car j'ai un rendez-vous à deux heures.

—Alors, je ne vous retiens pas, monsieur, dit la comtesse.

—Mon cher comte, dit Monsieur de Morcef, j'espère bien que vous reviendrez nous voir.

—Je n'y manquerai pas, répondit Monte-Cristo en s'inclinant.

Albert accompagna le comte jusqu'à la porte de l'hôtel.

Le comte de Monte-Cristo s'élança dans sa voiture qui attendait devant la porte et qui partit au galop, mais pas si rapidement qu'il n'aperçut le mouvement imperceptible qui fit trembler le rideau° du salon où il avait laissé madame de Morcef.

incommoder, causer du malaise

éprouver, sentir

rideau (curtain)

Questions

1. Qui était Albert de Morcef?
2. Qu'est-ce que le comte de Monte-Cristo a remarqué dans le salon?

3. Pour quelle raison est-ce que la mère d'Albert était d'une pâleur effrayante en entrant dans le salon?
4. Qu'est-ce que M. de Morcef a demandé au comte de Monte-Cristo de faire au moment où il le quittait?
5. Qu'est-ce que le comte de Monte-Cristo lui a répondu qu'il ferait?
6. Qu'est-ce que le comte de Monte-Cristo aperçut au moment où sa voiture partait?

XXVI

Le suicide

Le comte de Monte-Cristo retourna voir M. de Morcef, comme il lui avait promis de le faire.

—Monsieur le comte de Morcef, lui dit Dantès, n'êtes-vous pas le soldat Fernand qui a déserté la veille de la bataille de Waterloo? N'êtes-vous pas le lieutenant Fernand qui a servi de guide et d'espion à l'armée française en Espagne? N'êtes-vous pas le colonel Fernand qui a trahi, vendu et assassiné son bienfaiteur Ali Pacha? Et tous ces Fernand-là réunis, n'ont-ils pas fait le général, comte de Morcef?

—Oh! s'écria le général frappé par ces paroles comme par un fer rouge; oh! misérable, qui me reproche ma honte°! Je te suis connu, je vois, mais c'est toi que je ne connais pas. Tu t'es fait appeler le comte de Monte-Cristo à Paris, lord Wilmore à Marseille, Simbab le Marin et que sais-je? moi, je l'ai oublié. Mais c'est ton nom réel que je veux savoir, afin que je le prononce au moment où je t'enfoncerai° mon épée dans le cœur.

Le comte de Monte-Cristo pâlit.

—Fernand! lui cria-t-il, de mes cent noms, je n'aurais besoin de t'en dire qu'un seul pour te foudroyer°; mais ce nom, tu le devines, n'est-ce pas? ou plutôt tu te le rappelles? car, malgré tous mes chagrins, toutes mes tortures, je te montre aujourd'hui un visage que le bonheur de la vengeance rajeunit, un visage que tu dois avoir vu bien souvent dans tes rêves depuis ton mariage . . . avec Mercédès, ma fiancée!

Le général, le regard fixe, terrorisé, les mains tendues, alla chercher le mur comme point d'appui°; il s'y glissa lentement jusqu'à la porte

honte, sentiment d'humiliation venant d'une faute commise

enfoncer, faire pénétrer

foudroyer (to strike down with thunder)

appui, support

par laquelle il sortit à reculons°, en laissant échapper ce seul cri lugubre, lamentable, déchirant° :

—Edmond Dantès !

★　★　★

Au moment même où le comte de Monte-Cristo montait dans sa voiture qui l'attendait devant la porte, un coup de feu retentit, et une fumée sombre sortit par une des vitres° de cette fenêtre de la chambre à coucher, brisée par la force de l'explosion.

Peu de temps après, Dantès apprit que Mercédès était entrée dans un couvent.

à reculons, en allant en arrière
déchirant (heart-rending)

vitre, panneau de verre

Questions

1. Quels étaient les crimes de Fernand ?
2. Qu'est-ce qu'il a menacé le comte de Monte-Cristo de faire ?
3. Qu'est-ce que le comte de Monte-Cristo entendit au moment même où il montait dans sa voiture ?
4. Que fit Mercédès, après la mort de Fernand ?

XXVII

Luigi Vampa

Entre Venise et Rome, la chaise de poste° dans laquelle voyageait le baron Danglars quitta subitement la grande route.

chaise de poste, ancienne voiture rapide de voyageurs

—Hé, ami! où allons-nous donc? dit le banquier au cocher, en passant la tête à travers la portière°.

portière, porte d'une voiture

—*Dentro la testa!* cria une voix grave et impétueuse, accompagnée d'un geste de menace.

Danglars comprit que *dentro la testa* voulait dire: Rentrez la tête. Il faisait de rapides progrès en Italien.

Il obéit, non sans inquiétude, et comme cette inquiétude augmentait de minute en minute, son esprit se trouva rempli de pensées. Il se rappela ces histoires de bandits qu'on lui avait racontées.

Danglars vit un homme enveloppé d'un manteau qui galopait à côté de la voiture.

Au bout d'un instant, la portière gauche s'ouvrit.

—*Scinda!* commanda une voix.

Danglars descendit à l'instant même.

Plus mort que vif, le baron regarda autour de lui.

Quatre hommes l'entouraient, sans compter le postillon°.

postillon, celui qui monte sur l'un des chevaux d'une voiture

—*Avanti!* dit la même voix à l'accent bref et impératif.

Cette fois Danglars comprit doublement: il comprit par la parole et par le geste, car l'homme qui marchait derrière lui le poussa si rudement en avant qu'il faillit° tomber.

faillir, être sur le point de

On le mena à une grande salle creusée dans le roc, où le chef de la bande semblait avoir son logement.

—Est-ce l'homme? demanda celui-ci.

—Lui même, capitaine, lui-même.

—Cet homme est fatigué, dit le capitaine, qu'on le conduise à son lit.

On le mena à une cellule. Un lit fait d'herbes sèches°, recouvert de peaux° de chèvres, était tout ce qu'il y avait dans cette pièce.

sèches, pas humides
peau (skin)

En poussant Danglars dans la cellule, le bandit referma la porte sur lui.

—Singuliers° bandits! se dit-il, qui m'ont laissé ma bourse et ma montre°! Ils vont probablement me mettre à rançon.

Singulier, étrange, extraordinaire
montre, petite horloge portative

Quatre heures s'écoulèrent. Un bandit vint lui ouvrir la porte.

Danglars le reconnut pour celui qui lui avait crié d'une manière furieuse: "Rentrez la tête".

—Pardon, monsieur, dit Danglars, mais est-ce qu'on ne va pas me donner à dîner?

—Comment donc! s'écria le bandit, Votre Excellence aurait-elle faim, par hasard?

—Les gens qui vous arrêtent et qui vous emprisonnent devraient au moins nourrir leurs prisonniers. Il y a vingt-quatre heures que je n'ai pas mangé.

—Que désirez-vous, Excellence? Commandez!

—Vous avez donc des cuisines ici? demanda Danglars.

—Comment! si nous avons des cuisines? des cuisines parfaites!

—Et des cuisiniers?

—Excellents!

—Eh bien! un poulet, un poisson, un bifteck, n'importe quoi pourvu que je mange.

Le bandit cria de toutes ses forces:

—Un poulet pour Son Excellence.

Un instant après, on lui apportait un poulet sur un plat d'argent.

—On se croirait au Café de Paris, murmura le banquier.

Danglars prit le couteau d'une main, la fourchette de l'autre, et se mit à découper le poulet.

—Pardon, Excellence, dit le bandit en posant une main sur l'épaule de Danglars; ici on paie avant de manger.

—Combien est-ce que je vous dois?

—Ce n'est que cent mille francs.

—Ah! très drôle, murmura-t-il, en vérité, très drôle!

Et il voulut se remettre à découper le poulet; mais le bandit lui arrêta la main droite avec la main gauche, et lui tendit son autre main.

—Quoi! vous ne riez pas?

—Nous ne rions jamais, Excellence, reprit le bandit.

—Allons! allons! dit Danglars, je trouve cela très drôle, vérité n vérité; mais comme j'ai très faim, tenez! voila cent mille francs.

Le lendemain Danglars eut encore faim; le prisonnier crut que, pour ce jour là, il n'aurait aucune dépense à faire; en homme économe, il avait caché la moitié de son poulet et un morceau de son pain dans le coin de sa cellule.

Mais il n'eut pas plutôt mangé qu'il eut soif. Il n'avait pas compté là-dessus.

Il appela son geôlier.

—Me voici, Excellence, dit le bandit en se présentant à Danglars, que désirez-vous?

—A boire, dit le prisonnier.

—Excellence, vous savez que le vin est hors de prix° dans les environs de Rome.

°*hors de prix,* excessivement cher

—Donnez-moi de l'eau alors, dit Danglars.

—Oh! Excellence, l'eau est plus rare que le vin.

—Alors, dit Danglars, donnez-moi une bouteille de vin.

—Duquel?

—Du moins cher.

—Ils sont tous au même prix.

—Et quel prix?

—Vingt-cinq mille francs la bouteille.

—Dites, s'écria Danglars, vous voulez me ruiner!

—Il est possible que ce soit le projet du maître.

—Le maître, qui est-il donc?

—C'est Luigi Vampa.

Danglars tressaillit. Il avait entendu parler de ce fameux bandit.

—Et où est-il?

—Ici.

—Est-ce que je peux le voir?

—C'est facile.

L'instant après, Luigi Vampa était devant Danglars.

—Vous m'appelez? demanda-t-il au prisonnier.

—C'est vous, monsieur, qui êtes le chef des personnes qui m'ont amené ici?

—Oui Excellence.

—Que désirez-vous de moi pour rançon?

—Mais tout simplement les cinq millions que vous avez.

Danglars sentit qu'il allait mourir du coup.

—Je n'ai que cela au monde, monsieur, et c'est toute ma fortune; si vous me l'ôtez°, ôtez-moi la vie.   <small>°ôter, retirer, enlever</small>

—Il nous est défendu de verser du sang, Excellence.

—Et par qui cela vous est-il défendu?

—Par celui auquel nous obéissons.

—Vous obéissez-donc à quelqu'un?

—Oui.

—A qui?

—A Dieu.

Danglars resta un instant pensif.

—Je ne vous comprends pas.

—C'est possible.

—Voyons, dit Danglars, voulez-vous un million?

—Non.

—Deux millions?

—Non.

—Trois millions? . . . quatre? . . . Voyons, quatre? je vous les donne à la condition que vous me laissiez aller.

—Non.

—Alors, prenez tout! prenez-tout! vous dis-je, s'écria Danglars, et tuez-moi.

—Allons, allons, calmez-vous, Excellence.

—Et quand je n'aurai plus d'argent pour vous payer! s'écria Danglars exaspéré.

—Alors vous aurez faim.

—Mais vous me dites que vous ne voulez pas me tuer et vous voulez me laisser mourir de faim?

—Ce n'est pas la même chose.

—Eh bien! misérables! s'écria Danglars, mourir pour mourir, j'aime autant en finir tout de suite; faites-moi souffrir, torturez-moi, tuez-moi, mais vous n'aurez plus ma signature.

—Comme il vous plaît, Excellence, dit Vampa.

Et il sortit de la cellule.

Questions

1. Qu'est-ce que Danglars cria, en passant la tête à travers la portière, lorsqu'il s'aperçut que la voiture avait quitté la grande route?
2. Qu'est-ce qu'un bandit lui répondit?
3. Dans quel endroit est-ce que les bandits menèrent Danglars?
4. Quels meubles y avait-il dans sa cellule?
5. Quelle était la première chose que Danglars demanda aux bandits?
6. Qu'est-ce que Danglars a demandé aux bandits de lui apporter pour son premier repas?
7. Combien était le poulet?
8. Est-ce qu'on lui a apporté l'addition après le repas?
9. Le lendemain, est-ce que Danglars avait faim ou soif?

10. Quel était le prix d'une bouteille de vin?
11. Qui était Luigi Vampa?
12. Quel était le montant de la fortune de Danglars?

XXVIII

Le pardon

Sa résolution de ne pas signer dura deux jours,
après quoi il demanda qu'on lui apporte à
manger et offrit un million.

Dès lors° la vie du malheureux prisonnier fut
une torture perpétuelle. Il avait tant souffert
qu'il ne voulait plus s'exposer à souffrir et
subissait toutes les exigences°; au bout de douze
jours, il s'aperçut qu'il avait signé tant de
chèques au porteur qu'il ne lui restait plus que
cinquante mille francs.

Alors il se fit une réaction étrange: lui qui
venait d'abandonner cinq millions, il essaya de
sauver les cinquante mille francs qu'il lui
restait: plutôt° que de donner ces cinquante
mille francs, il se résolut° de reprendre une vie de
privations. Il pria Dieu de lui conserver ces
cinquante mille francs, et en priant il pleura.

Trois jours se passèrent ainsi, pendant lesquels
le nom de Dieu fut constamment, sinon dans son
cœur, du moins sur ses lèvres .

Il mourait de faim.

Le cinquième jour, ce n'était plus un homme,
c'était un cadavre vivant.

—Le chef! cria-t-il, le chef!

—Me voilà! dit Vampa, paraissant tout à
coup; que désirez-vous?

—Prenez ce qui me reste d'argent, balbutia°
Danglars, et laissez-moi vivre ici, dans cette
caverne; je ne demande plus ma liberté, je ne
demande qu'à vivre.

—Vous souffrez donc bien, demanda Vampa.

—Oh! oui! je souffre, et cruellement!

—Il y a cependant des hommes qui ont encore
plus souffert que vous.

dès lors, dès ce
temps-là

exigence (demand)

se résoudre, se
déterminer

lèvres (lips)

balbutier, articuler
avec hésitation et
difficulté

—Je ne crois pas.

—Si, ceux qui sont morts de faim, dit Vampa.

—Vous repentez-vous, au moins? dit une voix sombre et solennelle, qui fit dresser les cheveux sur la tête de Danglars.

Il vit derrière le bandit un homme enveloppé d'un manteau et perdu dans l'ombre.

—De quoi faut-il que je me repente? balbutia Danglars.

—Du mal que vous avez fait.

—Oh! oui, je me repens! je me repens! s'écria Danglars.

Et il se frappa la poitrine de son poing.

—Alors je te pardonne, dit l'homme en jetant son manteau et en faisant un pas pour se placer dans la lumière.

—Le comte de Monte-Cristo! s'écria Danglars, plus pâle qu'il ne l'était un instant auparavant.

—Vous vous trompez; je ne suis pas le comte de Monte-Cristo.

—Et qui êtes-vous donc?

—Je suis celui que vous avez vendu, livré, déshonoré; je suis celui sur lequel vous avez marché pour vous hausser° jusqu'à la fortune; je suis celui dont vous avez fait mourir le père de faim, que vous avez condamné; mourir de faim, et qui pourtant vous pardonne, parce qu'il a besoin lui-même d'être pardonné; je suis Edmond Dantès!

hausser, lever

Danglars poussa un cri, et tomba prosterné.

—Relevez-vous, dit le comte, vous avez la vie sauve; pareille fortune n'est pas arrivée à vos deux autres complices: l'un est fou, l'autre est mort! Gardez les cinquante mille francs qui vous restent, je vous en fais don; quant à vos cinq millions, argent que vous avez volé, ils seront restitués à ceux que vous avez volés par une main inconnue. Et maintenant, mangez et buvez; ce soir, je vous fais mon hôte°.

hôte, ici, invité

Se tournant vers le bandit il dit :

—Vampa, quand cet homme sera rassasié°, il sera libre. *rassasier, apaiser la faim*

Danglars resta prosterné° tandis que le comte s'éloignait. *se prosterner, se courber en signe de respect*

Comme l'avait ordonné le comte, Danglars fut servi par Vampa qui lui fit apporter le meilleur vin et les plus beaux fruits d'Italie; ensuite, l'ayant fait monter dans sa chaise de poste, il l'abandonna sur la route.

Il y resta jusqu'au jour, ignorant où il était.

Au jour, il s'aperçut qu'il était près d'un ruisseau°; il avait soif, il se traîna jusqu'à lui. *ruisseau, petite rivière*

En se baissant pour y boire, il s'aperçut que ses cheveux étaient devenus blancs.

Questions

1. De quoi est-ce que Danglars souffrait le plus ?
2. Est-ce que Luigi Vampa était poli envers lui ?
3. Est-ce que Danglars a fini par se repentir ?
4. Pensez-vous qu'il connaissait le comte de Monte-Cristo et l'avait rencontré quelque part, ou le connaissait-il seulement de réputation ?
5. Lorsque les bandits abandonnèrent Danglars sur la route, est-ce que Danglars avait faim ?
6. Qu'est-ce que Danglars remarqua, lorsqu'il se vit dans l'eau de la rivière ?

—Oh! oui, je me repens! je me repens, s'écria Danglars. ▶

XXIX

Haydée

Au cours d'un voyage qu'il fit en Turquie, le comte de Monte-Cristo avait acheté une esclave° qu'il libéra. Elle s'appelait Haydée. Elle était la fille d'un pacha° illustre de la Grèce qu'on avait fait captive et qu'on vendait en esclavage.

esclave (slave)

pacha, titre honorifique dans les pays musulmans

La belle Haydée était seule au monde et resta plusieurs années avec le comte qui la considérait comme sa protégée. Elle adorait son sauveur et le comte la traitait avec tout l'honneur dû à une princesse.

De retour en France, le comte lui dit:

—Haydée, tu sais que nous sommes maintenant en France, et par conséquent que tu es libre.

—Libre de quoi faire? demanda la jeune fille.

—Libre de me quitter.

—Te quitter!... et pourquoi te quitterais-je.

—Que sais-je, moi? pour aller voir le monde.

—Je ne veux voir personne.

—Et si parmi les beaux jeunes gens que tu rencontreras, tu en trouvais quelqu'un qui te plût, je ne serais pas assez injuste...

—Je n'ai jamais vu d'hommes plus beaux que toi, et je n'ai jamais aimé que mon père et toi.

—Pauvre enfant, dit Monte-Cristo, c'est que tu n'as guère° parlé qu'à ton père et à moi.

guère, peu, pas beaucoup (ne s'emploie qu'avec une négation)

—Eh bien! qu'ai-je besoin de parler à d'autres?

—En tous cas, maintenant, Haydée, tu sais que tu es libre. Tu resteras ici quand tu voudras rester; tu sortiras quand tu voudras sortir; continue d'apprendre la vie de mon pays; cela te servira toujours, que tu restes ici ou retournes en Orient.

La jeune fille leva sur le comte ses grands yeux

humides et répondit:

—Ou que *nous* retournions en Orient, tu veux
dire n'est-ce pas, mon seigneur?

Questions

1. Qui était Haydée?
2. Dans quel pays est-ce que le comte de Monte-Cristo l'a
   rencontrée?
3. Qui aimait-elle?
4. Comment adressait-elle le comte de Monte-Cristo, lorsqu'elle
   lui parlait?

XXX

Le testament

Un jour, comme Monte-Cristo écrivait son testament, léguant sa fortune à Haydée, un cri, poussé derrière lui, lui fit tomber la plume de ses mains.

—Que fais-tu là? demanda Haydée.

—Je vais faire un voyage, dit Monte-Cristo avec une expression de mélancolie et de tendresse infinies, et s'il m'arrivait un malheur . . .

Haydée sourit tristement en secouant la tête.

—Vous pensez à mourir, mon seigneur? dit-elle.

—C'est une pensée salutaire, mon enfant, a dit le sage.

—Eh bien, si vous mourez, léguez votre fortune à d'autres qu'à moi, car si vous mourez . . . je n'aurai plus besoin de rien.

Le comte sentit une vive émotion. Il ouvrit ses bras et Haydée s'y élança en pleurant.

—Tu m'aimes donc?

—Oui! oui, je t'aime comme on aime son père, son frère, son mari! je t'aime comme on aime sa vie, comme on aime son Dieu, car tu es pour moi le plus beau, le meilleur et le plus grand de tous les hommes.

—Qu'il soit donc fait ainsi que tu le veux, mon ange chéri! dit le comte. Aime-moi donc, Haydée! Qui sait? ton amour me fera peut-être oublier ce qu'il faut que j'oublie.

—Mais que dis-tu donc là, mon seigneur? demanda la jeune fille.

—Je dis qu'un mot de toi, Haydée, m'a plus éclairé que vingt ans de ma lente sagesse°; je n'ai plus que toi au monde, Haydée; par toi je me

sagesse (wisdom)

rattache à la vie, par toi je peux souffrir, par toi je
peux être heureux.

FIN

Questions

1. Pourquoi est-ce que le comte de Monte-Cristo écrivait son
   testament ce jour-là?
2. A qui comptait-il laisser sa fortune?
3. Pourquoi est-ce que Haydée lui a dit de léguer sa fortune à
   quelqu'un d'autre qu'elle?
4. Est-ce que le comte de Monte-Cristo voulait oublier le passé?
5. Si vous aviez été à la place de Dantès, auriez-vous agi comme
   lui en sortant de prison?

Appendice

LE DIAMANT ET LA VENGEANCE

La police est le gouffre° où tout va s'engloutir°. Elle est plus noire et mieux instruite qu'un confessionnal, car les pénitents ne viennent pas d'eux-mêmes à la police. Elle tient registre de tout, vices, crimes, mauvaises actions, turpitudes°, héroïsme, bienfaisance, générosité, mystifications°. Le nombre est immense des choses qu'elle sait. Au milieu de toutes ces histoires cachées, je mets aujourd'hui la main dans un dossier°, j'en tire au hasard° une affaire, et du tout épars° dans trente rapports, notes officielles, procès-verbaux°, interrogatoires, j'extrais l'aventure suivante que je livre° à mes lecteurs comme une des plus curieuses qu'ils aient encore lues dans ces mémoires.

En 1807, vivait à Paris un ouvrier°, cordonnier° en chambre°, du nom de François Picaud. Ce pauvre diable, jeune et assez joli garçon, était sur le point de se marier avec une fillette fraîche, accorte° et qui lui plaisait fort, comme plaît d'ailleurs aux gens du peuple° la fiancée qu'ils se choisissent, c'est-à-dire uniquement entre toutes les femmes; car pour les gens du peuple, il n'existe qu'une manière d'avoir une femme, c'est de l'épouser. Or, ce beau projet en tête et vêtu de ses habits de dimanche, François Picaud se rend chez un cafetier°, son égal° de rang et d'âge, mais plus riche que l'ouvrier et d'une jalousie féroce. Mathieu Loupian, né à Nîmes comme Picaud, avait à Paris un café-estaminet° très bien achalandé° près de la place Sainte-Opportune. Il était déjà veuf et avait deux enfants de sa défunte° femme; trois voisins habituels, tous du département du Gard, tous de la connaissance de Picaud, étaient avec lui.

—Qu'est-ce? dit le maître du lieu; eh! Picaud,

---

gouffre, abysse
où tout va s'engloutir (where everything gets buried)

turpitude, infamie

mystification, action de tromper

dossier, ensemble de papiers concernant une affaire ou une personne
au hasard (at random)
épars (scattered about)
procès-verbal, rapport d'un agent de police
livrer, mettre à la disposition, donner

ouvrier, personne qui fait un travail manuel
cordonnier, personne qui répare les chaussures
en chambre, qui travaille chez soi et pour un autre
accorte, gracieuse
peuple, classe ouvrière

cafetier, personne qui tient un café
égal, semblable

café-estaminet, petit café
bien achalandé, qui a beaucoup de clients

défunt, qui est mort

comme te voilà *brave*°! On dirait que tu vas danser *las treilbas* (les treilles, ballet populaire du Languedoc).

brave, plein d'énergie

—Je fais mieux, mon Loupian, je me marie.

—Et qui as-tu choisi pour te planter des cornes°? demande un des auditeurs nommé Allut.

pour te planter des cornes (to be unfaithful to you)

—Badinage° à part, dit le cafetier, qui épouses-tu, Picaud?

Badinage, plaisanterie

—La de Figoroux.

—Marguerite la riche?

—Elle-même.

—Mais elle a cent mille francs, s'écrie le cafetier consterné.

—Je la paierai en amour et en bonheur. Or ça, messieurs, je vous invite à la messe qui se dira à Saint-Leu, et à la danse après le repas de noce qui aura lieu au *Bal Champêtre*, dans *les bosquets*° *de Vénus*, rue aux Ours, chez M. Latignac, maître de danse.

bosquet, petit bois

Les quatre amis peuvent à peine répondre quelques paroles insignifiantes, tant le bonheur de leur camarade les étourdit°.

étourdir, faire perdre l'usage des sens

—A quand la noce? demanda Loupian.

—A mardi prochain.

—A mardi?

—Je compte sur vous. Au revoir . . . Je vais à la mairie et de là chez le curé.

Il sort. On se regarde.

—Est-il heureux, ce drôle!

—Il est sorcier°.

sorcier, très habile

—Une fille si belle, si riche!

—A un *peyou*°.

peyou, personne qui n'est rien du tout

—Et c'est mardi la noce!

—Je gage°, dit Loupian, de retarder la fête.

je gage, je promets

—Comment feras-tu?

—Oh! un badinage.

—Quoi, encore?

—Une plaisanterie excellente . . . Le commissaire va venir . . . Je dirai que je soupçonne°

soupçonner, suspecter

Picaud d'être un agent des Anglais; vous comprenez? Là-dessus on le mandera°, on l'interrogera; il aura peur et pendant huit jours au moins la noce prendra patience°.

°*mander*, donner l'ordre de venir

°*prendre patience*, attendre

—Loupian, dit Allut, c'est un mauvais jeu. Tu ne connais pas Picaud . . . Il est capable, s'il découvre le tour°, de s'en venger durement°.

°*le tour* (trick)
durement, avec dureté, sévèrement

—Bah! bah! dirent les autres, il faut s'amuser en carnaval.

—Tant qu'il vous plaira; mais je vous avertis que je ne suis pas du projet, chacun son goût.

—Oh! reprend le cafetier avec aigreur°, je ne m'étonne pas que tu portes des cornes°, tu es capon°.

°*aigreur* (bitterness)
porter des cornes, avoir une femme infidèle
capon (coward)

—Je suis honnête homme, tu es jaloux. Je vivrai tranquille, tu mourras malheureux. Bonne nuit.

Dès qu'il a tourné le talon, le trio s'encourage à ne pas abandonner une si plaisante idée, et Loupian, l'inventeur de la proposition, promet à ses deux amis de les faire rire *à ventre déboutonné*°. Le même jour, deux heures après, le commissaire de police, devant lequel Loupian avait jasé°, faisait son devoir de fonctionnaire° vigilant. Des bavardages° du cafetier il compose un superbe rapport en style de commissaire, et expédie son travail à l'autorité supérieure. La note fatale est portée chez le duc de Rovigo; elle coïncide avec des révélations qui se rattachent aux mouvements de la Vendée°. Plus de doute, Picaud sert d'intermédiaire entre le Midi et l'Ouest. Ce ne peut être qu'un personnage important; son métier° actuel cache un gentilhomme languedocien°. Bref, dans la nuit du dimanche au lundi, le malheureux Picaud est enlevé de sa chambre avec tant de mystère que nul ne l'a vu partir; mais depuis ce jour sa trace est perdue complètement; ses parents, ses amis ne peuvent obtenir sur son sort le moindre renseignement, et l'on cesse de s'occuper de lui.

°*à ventre déboutonné*, avec excès; de toutes ses forces
jaser, parler, révéler quelque chose qu'on devait tenir secret
fonctionnaire, qui remplit une fonction publique
bavardage, conversation, action de jaser

Vendée, mouvement anti-révolutionnaire

métier, profession
languedocien, du Languedoc, du Midi

Le temps s'écoule°; 1814 arrive; le gouvernement impérial tombe et du château de Fénestrelle descend, vers le 15 avril, un homme voûté° par la souffrance, vieilli par le désespoir encore plus que par le temps. En sept ans, on dirait qu'il a vécu un demi-siècle. Nul ne le reconnaîtra car lui-même ne s'est pas reconnu, lorsque, pour la première fois, dans la chétive° auberge de Fénestrelle, il a pu consulter un miroir.

s'écouler, passer

voûté (bent)

chétive, pauvre

Cet homme qui, dans sa prison, répondait au nom et prénom de Joseph Lucher, a servi moins de domestique° que de fils à un riche ecclésiastique milanais. Celui-ci, indigné de l'abandon où ses proches° le laissaient, afin de jouir des revenus de sa grande fortune, ne leur a livré ni les capitaux qu'il possède sur la banque de Hambourg, ni ceux qu'il a placés sur la banque d'Angleterre. De plus, il a vendu la plus grande partie de ses domaines à un des grands dignitaires du royaume d'Italie. Ce noble Milanais, mort le 4 janvier 1814, avait fait unique héritier d'environ sept millions de biens° libres le pauvre Joseph Lucher, et en outre° avait découvert à ce dernier le secret d'un trésor où étaient cachés environ douze cent mille francs de diamants au prix du commerce et au moins trois millions d'espèces monnayées. Joseph Lucher, libre enfin, marcha vers Turin, gagna Milan; il agit avec prudence et au bout de quelques jours, il était en possession du trésor qu'il venait chercher, augmenté d'une multitude de pierres antiques, de camées° admirables, tous d'une première valeur. Lucher sut si bien placer° ses espèces° qu'en se réservant ses diamants et un million en portefeuille, il se créa un revenu de six cent mille francs.

domestique (servant)

proches, famille

biens, possessions, propriétés
en outre, de plus

camée (cameo)
placer, investir
ses espèces, son argent

Cela fait, il se mit en route pour Paris où il arriva le 15 février 1815, huit ans après, jour pour jour, que l'infortuné François Picaud avait disparu. Celui-ci aurait eu alors trente-quatre ans. Joseph

Lucher tomba malade dès le lendemain de son entrée à Paris. Comme il était sans train°, sans valet, il se fit transporter dans une maison de santé. Au retour de Napoléon, Lucher était encore malade, et n'avait point cessé de l'être depuis que l'Empereur avait habité l'île d'Elbe. Tant que l'Empereur demeura en France, le malade Lucher prolongea sa convalescence, mais, lorsque la seconde Restauration eut paru devoir consolider définitivement la monarchie de Louis XVIII, l'habitué de la maison de santé la quitta et se rendit dans le quartier Sainte-Opportune. Voici ce qu'il apprit. En 1807, au mois de février, on s'occupa beaucoup de la disparition d'un jeune savetier°, honnête homme, et près de faire un mariage fabuleux. Une plaisanterie de trois amis détruisit sa bonne fortune : le pauvre diable s'enfuit ou fut enlevé°. Enfin nul ne sut quel avait été son sort°. Sa prétendue° le pleura pendant deux ans ; puis, fatiguée sans doute de ses larmes, épousa le cafetier Loupian, qui par ce mariage, ayant augmenté ses affaires, possédait aujourd'hui sur les boulevards le plus magnifique et le mieux achalandé de tous les cafés de Paris.

Joseph Lucher entendit cette histoire assez indifféremment, en apparence. Il s'informa cependant des noms de ceux dont les plaisanteries avaient causé le malheur présumé de Picaud. On avait oublié les noms de ces individus. "Cependant, ajouta un de ceux que le nouveau venu interrogeait, il y a un certain Antoine Allut qui s'est vanté° devant moi de connaître ceux dont vous parlez."

—J'ai connu un Allut en Italie : il était de Nîmes.

—Celui dont il est question est aussi de Nîmes.

—Cet Allut me prêta cent écus et me dit de les rendre, autant qu'il m'en souvient, à son cousin Antoine.

sans train, sans suite de valets, de chevaux, etc.

savetier, personne qui répare les vieux souliers

enlever, prendre par force
sort, destinée
prétendue, fiancée

se vanter (to brag)

116

—Vous pouvez lui envoyer la somme à Nîmes car il s'y est retiré.

Le lendemain, une chaise de poste volait plutôt qu'elle ne courait sur la route de Nîmes. Arrivé dans cette ville, un abbé italien en descendit et se rendit à l'hôtel si connu du Luxembourg. Sans affectation, il s'informa auprès des gens de l'hôtel de ce qu'était devenu Antoine Allut. Ce nom, assez commun dans cette contrée, est porté par plusieurs familles toutes différentes de rang, de fortune et de religion. Il se passa un assez long temps avant que l'individu à la recherche duquel courait l'abbé Baldini, fût définitivement rencontré. Quelques jours furent en outre nécessaires à l'abbé pour se mettre en rapport intime avec Antoine Allut. Mais ces préliminaires terminés, l'abbé conta à Antoine que, prisonnier au château de l'Œuf à Naples, et pour crime d'État, il avait fait connaissance avec un bon compagnon dont il regrettait fort la mort arrivée en 1811.

—A cette époque, dit-il, c'était un garçon d'environ trente ans, il expira pleurant encore son pays perdu, mais pardonnant à ceux dont il avait à se plaindre. C'était un Nîmois°, et il se nommait François Picaud.

Nîmois, de Nîmes

Allut poussa un cri. L'abbé le regarda avec étonnement.

—Vous connaissez donc vous-même ce Picaud? dit-il à Allut.

—C'était un de mes bons amis . . . Il est allé mourir loin, le malheureux . . . Mais avez-vous su la cause de son arrestation?

—Il ne la savait pas lui-même et il m'en a fait de tels serments que je ne peux douter de son ignorance.

Allut soupira°. L'abbé reprit:

soupirer (to sigh)

—Tant qu'il a vécu, une seule idée l'occupa. Il aurait, disait-il, donné sa part de paradis à qui lui aurait nommé l'auteur ou les auteurs de son arrestation. Et cette idée fixe a même inspiré à Picaud l'idée de la singulière clause testamentaire qu'il a faite. Mais d'abord je dois vous dire que dans la prison, Picaud avait rendu de notables services à un Anglais, prisonnier comme lui, lequel en mourant à laissé à Picaud un diamant de la valeur d'au moins cinquante mille francs . . .

—Il fut bien heureux, s'écria Allut; cinquante mille francs, c'est une fortune.

—Lorsque François Picaud se vit au lit de mort, il me fit appeler et me dit: "Ma fin me sera douce si vous me promettez d'accomplir mes intentions; me le promettez-vous?"

—Je le jure, dis-je, bien persuadé que vous n'exigerez rien contre l'honneur et la religion.

—Oh! rien, sans doute. Écoutez-moi, vous en jugerez: je n'ai pu savoir le nom de ceux qui m'ont plongé dans cet enfer°, mais j'ai eu une révélation. La voix de Dieu m'a averti qu'un de mes compatriotes de Nîmes, Antoine Allut, connaît mes dénonciateurs. Allez vers lui quand votre liberté vous sera rendue, et de ma part, donnez-lui le diamant que je tiens de la bonté de Sir Herbert Newton; mais je mets une condition: c'est qu'en recevant le diamant de vous, il vous confiera° les noms de ceux que je regarde comme mes assassins. Lorsqu'il vous les aura appris, vous reviendrez à Naples et vous les insinuerez, écrits sur une plaque de plomb°, dans mon tombeau. Touché de pitié, je lui jurai d'exécuter fidèlement ses intentions. Il me remit l'argent pour le voyage et le diamant, et mourut en paix. Dès que ma liberté m'a été rendue, je suis venu en France pour m'acquitter fidèlement de l'engagement° que j'ai pris envers votre pauvre compatriote. Me voici et voici le diamant."

L'abbé Baldini, à ces mots, avança la main et fit briller au médius° un solitaire° dont l'eau°, la grosseur, les feux annonçaient la valeur. Antoine

enfer, lieu de tourment

confier, dire en confidence

plomb (lead)

engagement, promesse

médius, doigt du milieu
solitaire, diamant monté seul
eau, transparence

Allut le contemplait avec des yeux de faucon°; *faucon* (falcon)
une sueur° glacée suintait° de ses tempes, sa bouche *sueur* (sweat)
était affreusement contractée, et au frisson° qui *suinter,* s'écouler
insensiblement
agitait son corps, on reconnaissait sans peine quel *frisson* (shiver)
combat l'avarice livrait à la prudence dans son
cœur.

En ce moment, la femme d'Antoine Allut rentra
et venant se poster devant son mari, encore tout
ébahi° des discours de l'abbé italien: *ébahi,* stupéfié

—Mon homme (style du pays), tu peux bien te
cacher et moi ne plus me montrer dans la ville,
ton frère et ta sœur vont nous écraser° de leur *écraser,* surpasser,
humilier
fortune insolente; apprends que tout à l'heure
ils ont reçu par la diligence° vingt mille francs *diligence,* ancienne
voiture publique
pour voyageurs
qui leur tombent du ciel.

—Vingt mille francs! répéta le Nîmois; et d'où?

—C'est une histoire. Ton frère, il y a un an,
sauva de la noyade° un Danois qui venait voir *noyade* (drowning)
Avignon le comte de Rantzau. Cet étranger après
l'avoir remercié, partit, et maintenant cette
somme prodigieuse arrive toute en beaux louis
d'or de quarante francs. Vont-ils faire les fiers°! *fier,* arrogant
Oh! j'en mourrai de douleur!

—Et surtout, madame, au moment où mon-
sieur votre mari refuse un legs° de cinquante mille *legs,* héritage
francs au moins, que lui laisse un ami mourant,
ajouta l'abbé.

—Comment! il refuse cinquante mille francs!
s'écria cette femme le poing fermé et menaçant
son mari.

—C'est au moins ce que je peux croire, reprit
tranquillement l'abbé. Et il recommença le récit
qu'il avait déjà fait, et il renforça la péroraison° et *péroraison,* conclusion
d'un discours
montrant la bague° qui, néanmoins, ne quitta pas *bague* (ring)
son doigt. Certes, il aurait fallu un autre caractère
au faible Antoine Allut pour se défendre contre le
terrible assaut qui lui fut livré; jaloux, d'ailleurs,
comme les petites gens, la prospérité de son frère
lui semblait un outrage à sa pauvreté. Sa femme,

sur-le-champ°, courut chez un joaillier voisin; celui-ci vint, et ayant examiné le solitaire, déclara qu'il s'en chargerait au prix de soixante-trois mille francs. Pourtant, les Allut devalent prendre en déduction de la somme un mas° charmant qu'il céderait pour cinquante-cinq mille francs. C'était merveilleux! Les époux Allut paraissaient fous de joie, mais la femme surtout ne se contenait pas; elle se livrait à mille extravagances, et voulut même embrasser l'abbé qui s'y prêta pour en finir plus tôt. Séance tenante°, Allut avoua° qu'il connaissait et livra les noms qu'on lui demandait; il ne le fit cependant pas sans un secret mouvement de terreur. Mais sa femme était là qui l'encourageait et l'abbé écrivit les noms de Gervais Chaubard, de Guilhem Solari, et enfin celui de Gilles Loupian. La bague fut remise. Suivant la convention, elle devint la propriété du joailler qui solda° tout de suite l'appoint et quatre mois après, au désespoir éternel des Allut, le diamant fut revendu à un négociant turc pour 102.000 francs. Cette différence causa un meurtre°, celui du joaillier, et la ruine totale des avides° Allut, qui durent fuir et sont depuis restés malheureux, en Grèce, où ils se réfugièrent.

Une dame âgée se présenta au café Loupian et demanda le propriétaire; elle lui confia que sa famille était redevable° de services éminents à un pauvre homme ruiné par les événements de 1814, mais si désintéressé° qu'il ne voulait recevoir aucune récompense; il souhaitait° seulement entrer comme garçon limonadier° dans un établissement où il serait traité avec égards. Pour déterminer M. Loupian à le prendre, on donnerait au maître cent francs par mois, à l'insu du garçon°.

Loupian accepte. Un homme se présente, assez laid et mal vêtu. La dame du lieu, Mme Loupian, l'examine attentivement, croit retrouver dans ses

sur-le-champ, sans délai

mas, maison de campagne dans le Midi

séance tenante, immédiatement

avouer, confesser

solder, acquitter une dette

meurtre (murder)

avide, qui désire avec beaucoup d'ardeur

redevable, qui a une obligation envers quelqu'un

désintéressé, qui n'agit pas par intérêt

souhaiter, désirer

limonadier, qui prépare les boissons

à l'insu du, sans que le sache le garçon

traits une figure de connaissance; mais, perdue au milieu de ses souvenirs, n'y saisit rien qui la satisfasse, et oublie cette circonstance. Les deux Nîmois venaient exactement à ce café. Un jour, l'un d'eux ne paraît pas. On plaisante sur son absence. Le lendemain se passe sans qu'il paraisse davantage. Que fait-il? Guilhem Solari promet de savoir le motif de son absence; il retourne au café vers neuf heures du soir, et, tout consterné, raconte que, sur le pont des Arts, la veille, à cinq heures du matin, le corps de l'infortuné Chaubard a été trouvé percé d'un coup de poignard°. L'arme est restée dans la blessure, et sur le manche on a lu ces mots formés au moyen de lettres imprimées: NUMÉRO UN.

poignard (dagger)

Les conjectures ne manquèrent pas; Dieu sait toutes celles que l'on fit! La police remua ciel et terre mais le coupable° échappa° à toutes les investigations. Quelque temps après, un superbe chien de chasse, appartenant au maître du café, fut empoisonné, et un jeune garçon déclara avoir vu un *client* jeter des biscuits à la pauvre bête. Ce jeune homme donna le signalement° du *client*. On reconnut un ennemi de Loupian qui, pour se moquer, venait dans le café où Loupian était en quelque sorte à ses ordres. Un procès° fut intenté au malfaisant *client*; mais il prouva son innocence en faisant constater un *alibi*. Il était courrier suppléant des malles-poste°, et, le jour du délit°, il arrivait à Strasbourg. Deux semaines après, le perroquet favori de Mme Loupian subit le sort du chien de chasse et fut empoisonné avec des amandes° amères et du persil°. On recommença les recherches; elles furent sans résultat.

coupable, qui a commis un crime
échapper (to escape)

signalement, description

procès (lawsuit)

malle-poste, voiture qui faisait le service des dépêches
délit, violation de a loi

amande (almond)
persil (parsley)

Loupian, d'un premier mariage, avait une fille âgée de seize ans. Elle était belle comme un ange. Un merveilleux° la vit, en devint fou, dépensa des sommes extravagantes pour gagner à ses intérêts les garçons du café et la *bonne* de la demoiselle, et,

merveilleux, homme excentrique

s'étant ménagé° ainsi de nombreuses entrevues avec l'intéressante personne, la séduisit en se donnant° pour marquis et millionnaire. La demoiselle ne s'aperçut de son imprudence que lorsqu'il fallut élargir son corset. Alors elle avoue à ses parents sa faiblesse : irréparable désespoir. La famille en parle au *monsieur*. Il vante sa fortune, consent au mariage, montre des actes° de famille, des titres de propriétés. La joie renaît° chez les Loupian. Bref, le mariage se fait, et l'époux qui veut des noces splendides, a commandé pour le soir un repas de cent cinquante couverts° au *Cadran-Bleu*. A l'heure indiquée, les convives° arrivent ; mais le marquis ne se trouve point. Une lettre cependant arrive. Elle annonce que, mandé° par le roi, le marquis s'est rendu au château ; il s'excuse de son retard, prie qu'on dîne sans l'attendre et sera rendu auprès de sa femme à dix heures. On dîne donc, mais sans *l'aimable gendre°*. Mauvaise humeur de la mariée, qu'on félicite sur la position glorieuse du mari. Deux services° sont dépêchés. Au dessert, un garçon met une lettre sur l'assiette de chaque convive. On apprend que le mari est un galérien° libéré et qu'il a pris la fuite.

La consternation des Loupian est affreuse et pourtant ils ne voient pas clair dans ce malheur. Quatre jours après, un dimanche, pendant que toute la famille est à se distraire° à la campagne, le feu est mis à neuf endroits différents dans l'appartement situé au-dessus du café. Des misérables accourent ; sous prétexte de secours, pillent°, volent, brisent, dévastent ; la flamme gagne la maison et la consume. Le propriétaire exerce un recours° contre Loupian ; celui-ci est complètement ruiné ; il ne reste plus à ces malheureux époux qu'un peu de bien du côté de la femme. Toutes leurs valeurs d'argent comptant°, d'effets publics et de mobilier ont été détruites ou volées dans le désastre qui les a atteints.

se ménager, se procurer
se donnant, prétendant être

acte, document
renaître, naître de nouveau, revenir

couvert (place-setting)
convive, qui prend part à un repas

mander, faire venir

gendre, époux de la fille

service (course)

galérien, homme condamné aux galères (convict)

se distraire, s'amuser

piller (to loot)

recours (petition)

argent comptant (cash)

Les Loupian, en conséquence, sont abandonnés de leurs amis : un seul demeure fidèle, le vieux garçon Prosper. Celui-là ne veut pas les quitter ; il les suivra sans gages°, se contentant de partager le pain de ses maîtres. On l'admire, on le prône°, et un nouveau mais très modeste café est établi rue Saint-Antoine. Là, vient encore Solari qui, un soir, en rentrant chez lui, est pris de douleurs atroces. On appelle un médecin. Celui-ci déclara Solari empoisonné, et malgré tous les secours°, l'infortuné meurt dans les plus terribles convulsions. Douze heures après, lorsque, selon l'usage, la bière° fut exposée sous la porte d'entrée de la maison où logeait Solari, on trouva sur le drap noir qui recouvrait le coffre un papier où ces deux mots sinistres étaient inscrits, au moyen de caractères imprimés : NUMÉRO DEUX.

gages, salaire

prôner, louer

secours, aide

bière (coffin)

Outre° la fille dont la destinée avait été si malheureuse, Loupian avait un fils. Ce jeune garçon, poursuivi par de mauvais sujets, séduit par des créatures publiques, lutta d'abord et finit par se livrer à la débauche. Une nuit, ses camarades proposent une *farce* : il faut enfoncer° un magasin de liqueurs, en enlever douze bouteilles, les boire et les payer le lendemain. Eugène Loupian, déjà à moitié ivre, bat des mains à ce beau projet. Mais au moment où la porte a été crochetée°, quand les flacons ont été choisis, que chacun de la bande en a mis deux dans ses poches, la police avertie par un faux frère arrive ; les six coupables ou imprudents sont arrêtés, et un jugement pour vol de nuit est rendu contre eux. Ils furent condamnés à mort. La pitié royale sauva le jeune homme de l'infamie, malgré des efforts incroyables d'argent et de séduction tentés pour détourner la clémence° du souverain. Le fils Loupian eut à subir vingt ans de prison.

Outre, de plus

enfoncer (break in)

crocheter, ouvrir une serrure avec un crochet

clémence, pitié

Cette catastrophe compléta la ruine et l'infortune des Loupian ; la *belle et riche Thérèse* mourut

de chagrin sans laisser de postérité; il fallut rendre les débris° de la dot. Le malheureux Loupian et *débris*, ce qui reste d'une chose
sa fille restèrent sans aucune ressource; alors l'honnête garçon qui avait des économies les offrit à la jeune femme; mais il mit un prix à ce service, et fit de très odieuses propositions à mademoiselle Loupian. Dans l'espoir de sauver son père et dans leur extrême misère, elle accepta la honte d'un concubinage qui fit descendre la malheureuse au dernier degré de l'avilissement°. *avilissement*, discrédit

Loupian existait à peine, ses malheurs avaient ébranlé° sa raison. Un soir, pendant qu'il se prome- *ébranler*, affaiblir
nait dans une allée sombre du jardin des Tuileries, un homme masqué se présente devant lui: "Loupian, lui crie-t-il, te rappelles-tu 1807?—Pourquoi?—Sais-tu le crime que tu commis à cette époque?—Un crime?—Un crime infâme! Par jalousie, tu fis plonger dans un cachot ton ami Picaud; t'en souviens-tu?—Ah! Dieu m'en punit rigoureusement.—Non, mais Picaud lui-même, lui qui, pour assouvir° sa vengeance, a poignardé *assouvir*, satisfaire
Chaubard sur le pont des Arts, a empoisonné Solari, a donné à ta fille un forçat° pour mari, et *forçat*, criminel condamné aux travaux forcés
conduit la trame° où ton fils est tombé. Sa main *trame*, intrigue
tua ton chien et le perroquet de ta femme, elle incendia ta maison et y poussa les voleurs. C'est enfin lui qui a fait mourir ta femme de douleur, lui dont ta fille est devenue la concubine. Oui, dans ton garçon Prosper, reconnais Picaud, mais que se soit au moment où il placera SON NUMÉRO TROIS.

Ceci dit, d'un coup de poignard il atteint si bien au cœur sa victime que Loupian tombe et meurt ayant pu à peine pousser un faible cri . . . Ce dernier acte de sa vengeance accompli, Picaud songeait à sortir des Tuileries lorsqu'une main de fer le saisissant au col le jeta lui-même par terre auprès du cadavre, et un homme, profitant de sa surprise, lui lia° les mains et les pieds, le *lier*, attacher avec une corde

bâillonna° fortement puis, l'enveloppant dans son propre manteau, l'emporta précipitamment.

bâillonner (to gag)

Rien ne peut égaler la fureur, l'étonnement de Picaud, ainsi garrotté°, ainsi enlevé. Assurément il n'était pas tombé au pouvoir de la force publique. Un gendarme, eût-il été seul, n'aurait pas pris ces précautions extraordinaires, lors même qu'il aurait suspecté le voisinage de complices. Un appel aurait suffi à rallier les sentinelles placés près de là. Était-ce donc un voleur qui l'emportait ainsi? . . . Mais quel singulier voleur . . . Ce ne pouvait être un plaisant°. Dans tous les cas, Picaud était tombé dans un guet-apens°. C'était la seule chose qui fût incontestablement réelle pour l'assassin Picaud.

garroté, lié, attaché

plaisant, qui cherche à s'amuser

guet-apens (ambush)

Quand l'homme sur les épaules duquel il était ainsi attaché s'arrêta enfin, Picaud présuma qu'il y avait à peu près une demi-heure que cet homme marchait. Picaud, enveloppé dans le manteau, n'avait rien vu des lieux de ce parcours°. Quand il en fut débarrassé, il se sentit déposé sur un pliant (lit de sangle°) garni de son matelas. L'air du lieu où il se trouvait était épais et lourd. Il crut reconnaître une cavité souterraine dépendant, selon toute apparence, d'une carrière° abandonnée. Elle était meublée en partie; il y avait un poêle° à la prussienne dont la fumée se perdait dans des conduits supérieurs; une lampe de cuisine éclairait la chambre et, debout devant Picaud, l'air sombre et les bras croisés, se dressait l'homme qui l'avait amené là.

parcours, chemin

lit de sangle (camp-bed)

carrière (quarry)

poêle (stove)

L'obscurité presque complète du lieu, l'agitation bien naturelle où se trouvait Picaud, le changement que peuvent opérer sur les traits dix ans de misère et de désespoir, ne permirent point à l'assassin de Loupian de reconnaître l'individu qui lui apparaissait comme un fantôme. Il l'examinait dans un morne silence, attendant un mot qui lui expliquât quel sort° il devait attendre,

sort, destinée

et dix minutes se passèrent avant qu'aucun de ces deux hommes échangeât une parole.

—Eh bien! Picaud, lui dit-il, quel nom porteras-tu désormais°? Sera-ce celui que tu reçus de ton père? Ou celui que tu pris à ta sortie de Fénestrelle°? Seras-tu l'abbé Baldini ou le garçon limonadier Prosper? Ton esprit ingénieux ne t'en fournit-il pas un cinquième? Pour toi, sans doute, la vengeance n'est qu'une plaisanterie; mais non, c'est une manie furieuse et dont tu aurais horreur toi-même, si tu n'avais vendu ton esprit au démon. Tu as sacrifié les dix dernières années de ta vie à poursuivre trois misérables que tu aurais dû épargner°. Tu as commis des crimes horribles; tu t'es perdu à jamais, enfin tu m'as entraîné dans l'abîme°.

—Toi, toi, qui es-tu?

—Je suis ton complice, un scélérat° qui, pour de l'or, t'ai vendu la vie de mes amis. Ton or m'a été funeste°. La cupidité allumée par toi dans mon âme ne s'est jamais éteinte. La soif des richesses m'a rendu furieux et coupable. J'ai tué celui qui m'avait trompé. Il m'a fallu fuir avec ma femme; elle est morte dans cet exil, et moi, arrêté, jugé, condamné aux galères, j'ai subi° l'exposition et la flétrissure°; j'ai traîné le boulet. Enfin, parvenu à m'échapper à mon tour, j'ai voulu atteindre et punir cet abbé Baldini qui atteint et punit si bien les autres. J'ai couru à Naples, on ne l'y connaissait pas. J'ai cherché la tombe de Picaud et j'ai appris que Picaud vivait. Comment l'ai-je su? Ni toi, ni le pape ne m'arracherez° ce secret. Dès lors je me suis remis à la poursuite de ce prétendu mort; mais quand je l'ai retrouvé, déjà deux assassinats avaient signalé sa vengeance; les enfants de Loupian étaient perdus, sa maison brûlée, sa fortune détruite. Ce soir, j'allais aborder ce malheureux, lui révéler tout, mais encore cette fois tu m'as prévenu°, le diable te donnait de

désormais, à partir de maintenant

Fénestrelle, nom de la prison

épargner, laisser subsister

abîme (abyss)

scélérat, criminel

funeste, fatal

subir, souffrir
flétrissure, autrefois, marque faite au fer rouge sur l'épaule d'un criminel

arracher, obtenir avec effort

prévenir, arriver avant

l'avance sur moi et Loupian est tombé sous tes coups, avant que Dieu, qui me conduisait, m'eût permis d'arracher à la mort ta dernière victime. Qu'importe, après tout, je te tiens ; à mon tour je puis te rendre le mal que tu m'as fait, je puis te prouver que les gens de notre pays ont le bras aussi bon que la mémoire : je suis Antoine Allut.

Picaud ne répondit pas ; il se passait d'étranges choses dans son âme. Soutenu jusqu'à ce moment par l'ivresse vertigineuse° de la vengeance, il avait en quelque sorte oublié sa fortune immense et toutes les voluptés qu'il en pouvait attendre. Mais à présent sa vengeance était accomplie, à présent il devait songer à vivre de la vie des riches, et à présent il allait tomber lui-même sous la main d'un homme aussi implacable qu'il se souvenait avoir été lui-même. Ces réflexions lui traversèrent le cerveau°, et un mouvement de rage lui fit mordre convulsivement le bâillon° qu'Antoine Allut avait eu soin de lui mettre.

"Cependant, pensa-t-il, riche comme je le suis, ne puis-je, avec de belles promesses, et au besoin en faisant un sacrifice réel, me débarrasser de mon ennemi ? J'ai donné cinquante mille francs pour apprendre les noms de mes victimes, ne puis-je en donner autant ou le double pour sortir du péril où je suis ?"

Mais Dieu permit que l'épaisse fumée de l'avarice obscurcît la lucidité d'une telle pensée. Cet homme, possesseur d'au moins seize millions, s'épouvanta° d'avoir à livrer la somme qui lui serait demandée. L'amour de l'or étouffa les cris de sa chair° révoltée qui se voulait racheter et ne put plaider que faiblement. "Oh ! dit-il au plus caché de son âme, plus je me ferai pauvre, plus tôt je sortirai de cette prison. Nul ne sait ce que je possède ; feignons° d'être à la mendicité°, il me lâchera° pour quelques écus° et hors de ses mains il tardera peu à retomber dans les miennes."

ivresse vertigineuse, excitation qui donne le vertige

cerveau (brain)
bâillon, bandeau qu'on met sur ou dans la bouche pour empêcher de crier

s'épouvanta, s'effraya

chair (flesh)

feignons, prétendons
mendicité, pauvreté
lâcher, laisser échapper
écu, pièce de monnaie valant 3 francs

Voilà ce que Picaud imaginait; voilà la litière° *faire litière* (to stifle)
absurde qu'il fit° à ses terreurs et à son espoir,
cependant qu'Allut lui rendait la liberté de sa
bouche.

—Où suis-je? dit-il.

—Que t'importe, tu es en un lieu où tu ne dois
attendre ni secours ni pitié; tu es à moi . . . à
moi seul, entends-tu, et l'esclave de ma volonté
et de mon caprice°. *caprice* (whim)

Picaud sourit avec dédain, et son ancien ami
ne poursuivit pas; il le laissa toujours couché sur
le grabat°, il ne le délia° point. Allut ajouta même *grabat*, mauvais lit / *délier*, enlever les liens / *entrave*, lien que l'on fixe aux pieds
à la rigueur des entraves° qui retenaient son
prisonnier: il lui passa autour des reins° une *reins* (loins)
large et épaisse ceinture de fer, fixée par une
chaîne à trois immenses anneaux° rivés dans le *anneau* (ring)
mur. Cela fait, Allut se mit à souper; et comme
Picaud vit qu'Allut ne lui offrait rien de ce qu'il
mangeait:

—J'ai faim! dit-il.

—Combien veux-tu payer le pain et l'eau que
je te donnerai?

—Je n'ai pas d'argent.

—Tu as seize millions et plus, dit Allut.

—Tu rêves! . . .

—Et toi, rêve que tu manges.

Allut sortit et resta absent pendant toute la
nuit; vers les sept heures du matin il rentra et
déjeuna; la vue des aliments redoubla chez
Picaud les tortures de la faim.

—Donne-moi à manger, dit-il.

—Combien veux-tu payer pour le pain et l'eau
que je te donnerai?

—Rien.

—Eh bien! voyons qui de nous deux se lassera
le premier.

Et il s'en alla encore.

A trois heures de l'après-midi, il était de retour;
il y avait vingt-huit heures que Picaud n'avait pris

aucune nourriture; il implora la pitié de son geôlier, il lui proposa vingt sous pour une livre° de pain.

livre, demi-kilogramme

—Écoute, dit Allut, voici mes conditions: je te donnerai deux fois par jour à manger et tu paieras chaque fois vingt-cinq mille francs.

Picaud hurla, se tordit° sur son grabat, l'autre demeura impassible°.

se tordre (twist)

impassible, imperturbable

—C'est mon dernier mot; choisis, prends ton temps. Tu n'as pas eu pitié *des amis*, je veux être pour toi sans miséricorde.

Le misérable prisonnier passa le reste du jour et de la nuit suivante dans les rages de la faim et du désespoir, ses angoisses morales étaient au comble° l'enfer était dans son cœur. Ses souffrances furent telles qu'il fut pris du *tétanos*; la tête se détraqua°. L'impitoyable Allut tarda peu à reconnaître que c'était là trop tourmenter un corps humain; son ancien ami n'était plus capable de discernement, c'était une machine inerte, sensible encore à la douleur physique, mais incapable de la combattre ou de la détourner. Allut se désespérait en pensant que si Picaud mourait, aucun moyen ne lui restait de s'approprier l'immense fortune de sa victime. De rage, il se frappa lui-même, mais surprenant un sourire diabolique sur la face livide de Picaud, Allut se précipita sur lui comme une bête féroce, le mordit, lui perça les yeux d'un couteau, l'éventra°, et s'enfuyant de ce lieu où il ne laissait plus qu'un cadavre, s'éloigna, quitta Paris et passa en Angleterre.

au comble, au maximum

se détraqua, perdit la faculté de fonctionner

éventrer, ouvrir le ventre

Là, tombé malade en 1828, il se confessa à un prêtre catholique français; ramené à la détestation de ses fautes, il dicta lui-même à l'ecclésiastique tous les détails de cette histoire affreuse qu'il signa à chaque page. Allut mourut réconcilié avec Dieu, et fut enseveli° chrétiennement. Après sa mort, l'abbé P . . . expédia à la Police de Paris ce document précieux où se trouvaient consignés les faits étranges qu'on vient de lire.

ensevelir, enterrer

NTC FRENCH INTERMEDIATE CULTURE
TEXTS AND MATERIAL

Contemporary Life and Culture
Un jour dans la vie
Face-à-face
Lettres de France
Lettres des provinces
Réalités françaises
Les jeunes d'aujourd'hui
Tour du monde francophone series
   Promenade dans Paris
   Zigzags en France
   Visages du Québec
   Images d'Haïti

**Contemporary Culture—in
  English**
The French-Speaking World
Welcome to Europe
Focus on Europe Series
   France: Its People and Culture
   Belgium: Its People and Culture
   Switzerland: Its People and
     Culture
Life in a French Town
French Sign Language
Getting to Know France
Christmas in France

Civilization and History
Un coup d'oeil sur la France
Les grands hommes de la France

Literary Adaptations
Les trois mousquetaires
Le comte de Monte-Cristo
Candide ou l'optimisme
Tartarin de Tarascon
Colomba
Le voyage de Monsieur Perrichon
Le Capitaine Fracasse
Contes romanesques
Six contes de Maupassant
Pot-pourri de littérature française
Carmen Culture Unit
Variétés
Histoires célèbres
Le rouge et le noir
Pages choisies
Eugénie Grandet
Comédies célèbres
Cinq petites comédies
Trois comédies de Courteline
The Comedies of Molière

Cross-Cultural Awareness
Rencontres culturelles
Vive la France!
Noël

For further information or a current catalog, write:
National Textbook Company
a division of *NTC Publishing Group*
4255 West Touhy Avenue
Lincolnwood, Illinois 60646-1975 U.S.A.